R.O.D
READ OR DIE
読子を、まるで“おいた”をした園児を
叱る保母のような目で睨む。
そして当の読子も、
悪戯を注意されたかのようにうなだれる。
「でも、でもぉ……」
イラスト／羽音たらく

紙の竜は蔓のようにヴェンジャンスに巻き付き、
その艦体をあり得ない位置、
すなわち海上の空間まで引っ張り出している。
「…………」
脅威よりも驚異が先にやってきた。

「先生こそ、あんまり無茶しないでね。
いくらあたしでも、天国までは追っかけていけないから。
……もう何十年かは、こっちの世界でドタバタやろうよ。ね？」

R.O.D
READ OR DIE
YOMIKO READMAN "THE PAPER"

―――第四巻―――

倉田英之

スタジオオルフェ

集英社スーパーダッシュ文庫

R.O.D　第四巻

CONTENTS

プロローグ……12

第一章　『出世のチャンス』……47

第二章　『白い暴動』……116

第三章　『ロンドンは燃えている!』……185

エピローグ……232

あとがき……237

スーパーダッシュ

読子・リードマン

大英図書館特殊工作部のエージェント。紙を自在に操る“ザ・ペーパー”。無類の本好きで、普段は非常勤講師の顔を持つ。日英ハーフの25歳。

菫川ねねね

現役女子高生にして売れっ子作家。狂信的なファンに誘拐されたところを読子に救われる。好奇心からか、現在は逆に読子につきまとっている。

ジョーカー

特殊工作部をとりしきる読子の上司。計画の立案、遂行の段取りを組む中間管理職。人当たりはいいが、心底いい人というわけでもないらしい。

ファウスト

大英図書館に幽閉されている謎の人物。外見は少年だが、既に数百年生き続けている叡知の探究者。

白竜・連蓮

中国の秘密結社“読仙社”に属する紙使い。グーテンベルク・ペーパーを求め、仲間と共にロンドンを襲う。

ウェンディ・イアハート

大英図書館特殊工作部のスタッフ見習い。持ち前の元気と素直さで、仕事と性格の悪い上司に立ち向かう。

ドレイク・アンダーソン

元米国特殊部隊の傭兵。時折読子のサポートに駆り出されて迷惑を被る。根は平和と娘を愛する温厚な性格。

イラストレーション／羽音たらく

R.O.D
READ OR DIE
YOMIKO READMAN"THE PAPER"

——第四巻——

プロローグ

金なんかいくらでもくれてやる。

世界じゅうから集めた美女も、好きなだけ連れていけ。全員、ロンドン一の娼館《しょうかん》であらゆる技術を仕込んである。

その絵か？　ドガだ。本物に決まってるだろ、畜生《ちくしょう》。持ってくがいい。

宝石と証券は金庫の中だ。そうだな、まあ一億ポンドは下らないと思うが。

それだけありゃ、一晩の稼《かせ》ぎにゃ十分だろう。

くそう、そのチェアーまで持ってくのか。あらいざらいってワケだな。

いいだろう、命をとられるよりマシだ。

まったく、ここまでくるのに四〇年、汗と悪知恵をふり絞《しぼ》ってきたのによ。その成果がたった一丁の銃で根こそぎ奪われるのか。

わかってらぁ、だからさっさと運び出すがいいや。俺はここでおとなしくしているよ。そしてあんたらがいなくなった後、女のようにさめざめと泣くのさ。

だがな、小僧ども。これだけはよく聞いときな。

そこの本棚《ほんだな》にある、埃《ほこり》くさい古ぼけた本たち。

その一冊にでも手を出してみやがれ。

おまえら、ここから生かして帰さねぇ。


イギリス、中西部。

ヘリフォード・アンド・ウースター州の西。

ウェールズ地方に接したワイ川の傍《そば》に、ヘイ・オン・ワイという町がある。

人口はわずか一〇〇〇人、普通の観光ガイドならおよそ紹介されることもない、小さな小さな町だ。

だがここは、とある趣味を持つ人々にとっての理想郷《りそうきょう》であり、生涯《しょうがい》に一度は訪れたい憧《あこが》れの聖地なのだ。

とある趣味を持つ人々――――そう、愛書狂《ビブリオマニア》。

ヘイ・オン・ワイは、世界最大の古書店街と言われる神田神保町《かんだじんぼちょう》に並ぶ、巨大な古本の町なのである。


「エージェントとしての、自覚が足りませんっ」

ヘイ・オン・ワイの通りを、風変わりな女の二人連れが歩いている。

金髪《きんぱつ》に褐色《かっしょく》の肌、歳は二〇歳に届くか届かないか、といったところか。声にも肌にも若さと活力が満ちている。

だが、なによりも人目をひくのはその格好だ。

ふくらんだ黒のスカートに白いエプロン、頭には髪留め、首にはリボンタイ。

いわゆるメイド服である。

おとぎ話をモチーフにしたテーマパークから抜け出してきたようなスタイルである。

すれ違う人々も、おや、と一時視線を向ける。どこかの書店のサンドイッチレディーかと思ったのだ。

しかし彼女は、テーマパークの従業員でもなければ新装開店をアピールするサンドイッチレディーでもない。

彼女の名はウェンディ・イアハート。

世界中で起きる、本が関係したトラブルに取り組む、大英《だいえい》図書館特殊工作部所属スタッフ（見習い）である。

「ロンドンと全然反対じゃないですかっ。ヒースロー空港から何時間もタクシー乗ってるから、変だなーって思ったら！」

「あーうー……」

ウェンディが言葉をぶつけているのは、白いコートに包まれた背中だ。

その大半は長い黒髪で隠れている。あまり手入れされてない髪は、歩調につれてわさわさと揺れる。

野暮《やぼ》ったい男もののメガネ。その下には大きな黒い瞳。とりたてて賛美するほどでもない顔のパーツが、バランスだけはよく並んでいる。

好みによっては〝美人〟といえる顔立ちだ。もちろんその前には〝ちゃんと手入れすれば〟との言葉を付けねばならないが。

ウェンディの非難を背に浴びながら、女は通路の上をてこてこと歩いていく。後ろ手に引っ張るスーツケース、その車輪が石畳《いしだたみ》に当たって調子はずれのリズムを刻む。

「聞いてるんですかっ、読子《よみこ》さんっ」

「はいっ」

ひときわ大きくなったウェンディの声に、女——読子・リードマンが向き直った。

「聞いてるんだったらっ、早くロンドンに帰りましょうっ。私、ジョーカーさんに怒られちゃいますっ」

ウェンディは、関係のない通行人にまでアピールするかのように、大きく手を広げた。

メイド服というのは忠誠《ちゅうせい》と従順のイメージを想起させるが、読子に対するウェンディの口調、仕草には両方とも見受けられない。

どう見ても年上である（現に五歳ほど年長なのだが）読子を、まるで〝おいた〟をした園児を叱《しか》る保母のような目で睨《にら》む。

そして当の読子も、悪戯《いたずら》を注意されたかのようにうなだれる。

「でも、でもぉ……」

視線を外しながらも、読子はこの地への執着《しゅうちゃく》を隠そうとしない。


ウェンディは、大英図書館特殊工作部の上司であるジョーカーの命《めい》を受け、日本に読子を迎えに行った。

近く展開される特殊工作部の総力作戦に備え、特殊エージェントである読子の身柄《みがら》を確保、速《すみ》やかに英国までエスコートすることが彼女の任務だったのだ。

初の来日となったウェンディは、「日本では、重要なメッセージはすべてメイドが届けるのです」というジョーカーのジョークを真《ま》に受け、この衣装のままで空港から神保町の読子宅まで直行した。途中、日英にて多くの視線を集めながら。

それはまあいい。ジョーカーが歪《ゆが》んだユーモアセンスの持ち主である、という教訓を得ることができた。

とはいえ、メッセージの内容までがジョークなわけがない。

ウェンディは、速やかに読子に同行を要求した。読子も、多少の困惑はあったものの（どうやら彼女は、旅行から戻ってきたばかりのように見受けられた）、同行を了承《りようしよう》した。

その後がまず、最初のアクシデントだった。

メッセージの内容に、読子の部屋に居合わせた一般人、菫川《すみれがわ》ねねが、多大な興味を示してしまったのだ。

それは、ウェンディのミスである。

任務遂行《すいこう》においては、可能な限り部外者との接触を避けるべし、という初歩の初歩たる心得を、緊張のあまり失念していた。

ならこんな目立つ衣装を着せなければいいのに、という意見は、とりあえず心の小箱にしまっておこう。

とにかく、読子・リードマンの友人にして女子高生（休学中、ということだったが）にして作家であるねねねの好奇心は、

「あたしも一緒に行く！　絶対に行くっ！」

と高らかな声で宣言された。

読子とウェンディは、顔を見合わせた。

言うまでもなく、ねねねは一般人である。

そして、今回の招集はジェントルメン直々《じきじき》に発令されたものである。

この二つの間には、決して埋まらない大きな溝《みぞ》がある。

英国の運命を左右しかねない総力作戦に、日本の少女作家が参加することなど絶対に不可能なのだ。

「あのー……ちょっと、今回は遠慮《えんりょ》していただけませんかぁ？」

読子は、ふつふつと好奇心を高ぶらせているねねねに小さな声で話した。

「なんでぇ？　先生、あたしをおいてけぼりにする気ぃ？」

「おいてけぼりというか……あの、仕事ですんで」

読子にしてみれば、ねねねをこれ以上危険に巻きこむわけにはいかない、という感情もむろんあった。彼女は以前に狂信的なファンに誘拐《ゆうかい》され、巨大書店でテロにまきこまれ、つい先日も他作家の信奉者《しんぽうしゃ》から狙撃《そげき》されたばかりなのだ。

「シゴトぉ？　勝手なコト言ってんじゃないっ！」

ねねねの剣幕《けんまく》に、読子がひっと後ずさる。

「それがあんたの仕事ってんなら、目の前のトラブルに飛び込むのがあたしの仕事よっ」

拳を握って力説する。

「そもそもガッコまで休んで先生の周りをうろついてるのは、こんなチャンスを待ってのこと！　平和日本の日常から、異国の予期せぬ激動たる日々へ！　誰もあたしを止められないわ、好奇心と創作意欲が私の武器！」

その盛り上がりっぷりに、思わず読子もウェンディも見とれてしまった。

言っていることは自分勝手も甚《はなは》だしいが、それをゴマかす迫力が今のねねねにはあった。

いち早く我に返ったウェンディが、読子に耳打ちする。

「……どうするんですか、まさか本当につれてくなんてことは……」

「……し、しかたありません。非常手段に出ましょう」

顔を見合わせた読子とウェンディは、ねねねに向き直った。

「？　なによ？」

ねねねの顔が、怪訝《けげん》に歪《ゆが》んだ。

その後、読子たちはどうしたか。手っ取り早く言えば、ねねねを縛《しば》り上げたのである。〝紙使い〟としての能力をこめたこよりのロープで。

放っておけば、実力行使としがみついてでも同行してくるねねねである。それに対抗するのはやはり実力行使しかないのだった。

「なによこのっ！　女子高生を緊縛《きんばく》すると東京都が黙ってないわよっ！」

二人がかりで縛りあげられ、じたばたと暴れるねねねに大英図書館側も少なからぬ被害を被《こうむ》った。読子は腹にねねねキックを、ウェンディは頭にねねねヘッドバットをくらった。

「すいませんすいません。一時間でこより、ほどけますから。それにオミヤゲも買ってきます。だから、今回はおとなしくしててください」

「こんなことで逃げられると思うなーっ！」

読子はぺこぺこと頭を下げ、ウェンディと共に自宅を後にしたのだった。

まさに逃げるように。


ヒースロー空港に到着後、二人はタクシーに乗りこんだ。

フライト中にそれなりのコミュニケーションをすませたウェンディは、読子に急速な親近感を覚えていた。

エージェントでありながら、見習いの自分への接し方は謙虚《けんきょ》このうえない。

そして口を開けばあふれ出る本への愛情。

タイプはまるで違ったが、ウェンディは、読子にかつての友人カレンに通じる信頼と安心感を抱いた。

それがいけなかった。

タクシーに乗って「大英博物館」と行き先を告げると、いち早く任務を終えた、という錯覚《さっかく》でつい眠ってしまったのだ。

その間に、読子は運転手に行き先の変更を告げた。

大英図書館からまるで反対、ヘイ・オン・ワイにと。

途中、何度かウェンディも目を覚ましたが、寝ぼけ眼《まなこ》で見る景色は「ずいぶん田舎道《いなかみち》を通るんだなー」程度にしか認識できなかった。

かくしてタクシーは四時間ほども走り、このヘイ・オン・ワイにたどり着いたのだった。

気をゆるし始めた矢先の不意打ちに、ウェンディはいたく機嫌を損《そこ》ねた。

読子は、そんな彼女をなんとか説得しようとする。

「急いでるのはわかりますけど──、でもそしたら大英図書館の専用機でもハイヤーでも寄越せばいいじゃないですか。それをしないってことは、まだ余裕《よゆう》があるんですよ、ねっ」

確かに、ウェンディにしかけた悪ふざけも、ジョーカーの余裕をある程度は裏付けしている。

「それにそれに、私、急いで出てきちゃったから、大阪で買った本も全然持って来なかったし。ここんとこドタバタしてて、本屋さんにもあんまり行ってないし！」

あんまり、とはあくまで一日平均十数軒の書店を回る読子の基準に照らしてのことである。本読みとは難儀《なんぎ》な人種で、自分が書店に行かない日に限って、面白い本が出ている、という焦《しょう》燥《そう》に囚われるのだ。

ウェンディの表情が、苛立《いらだ》ちから困惑に変化した。

ヘイ・オン・ワイには飛行機はおろか鉄道すら通っていない。訪れる手段はもっぱら車である。今からタクシーを呼びつけてもある程度の時間はかかることだろう。

どのみち、ここでのタイムロスは避けられない。

それに、程度の差こそあれ本を愛好する者としては、読子の本に対する情熱は決して悪印象ではない。今回の行動はあまりに子供っぽいとしても、だ。

確かにジョーカーは、帰投《きとう》の日時、刻限を決めていたわけでもない。

これからの作戦がどれだけの期間を要するのかはわからないが、この静かな町でしばし本を買い求めるのは、〝戦闘前の休息〟として精神的にいい効果かもしれない。

「二時間だけ。ねっ、二時間だけ」

読子は指を二本突きだして、六つも年下のウェンディを拝む。メイド服のウェンディを。

「……わかりました。二時間だけですよ」

「！」

読子の顔がぱぁっと明るくなった。

「ありがとうございます、ウェンディさんっ！」

喜びの声と共に、ウェンディに抱きつく。意外に豊満な胸が、ウェンディに押しつけられた。

「ただしっ！　今のうちからタクシーを手配しときますからねっ。二時間経ったら、なにがあってもここを出発しますよっ」

地図で確認すると、ヘイ・オン・ワイからロンドンまでは直線距離でも二〇〇キロはある。

現時刻は午後二時。四時に出発したとしても、大英図書館に着くのは八時前になるだろう。特殊工作部は二四時間営業だが、ウェンディとしてはやはりあまり遅くならないうちに任務終了の報告をしたいのだ。

「わかりました！」

身を離すが早いか、読子は周囲の店舗《てんぽ》を見渡した。

「じゃっ、私早速《さっそく》見て回りますから！　ウェンディさん、二時間後にこの場所で！」

返答も待たずに、ケースを引っ張って走り出す。鎖《くさり》から放たれた野獣のごとく。

「えっ!?　ちょっと読子さんっ、ねぇっ！」

初めての町でぽつんと取り残されたウェンディは、既に街角に消えゆく読子を声高く呼んだ。当然、返事など返ってこなかった。


一九六〇年代半ば、リチャード・ブースという人物がこの町で古書店を開業した。ある程度営業が軌道にのったところで、住人の何人かを誘い、やはり古書店を開業させた。

同時に彼は、ヨーロッパ各地やアメリカに出向いた際、ヘイ・オン・ワイが古書の町として生まれかわりつつある、とアピールしてまわった。言わば、町のプロデューサー兼ＰＲマンになったのだ。

古書業界での噂《うわさ》は早い。

たちまちに各地から、業者が連なってヘイ・オン・ワイを訪れた。

イギリスには〝セヴァン川とワイ川の間にある目は幸福なり〟ということわざがある。この地方はそれだけ、素晴らしい景色が広がっているのだ。

そんな中に生まれた本の里は、訪れる読書家たちに理想郷《りそうきよう》のように映ったに違いない。

今やヘイ・オン・ワイは、町の総在庫書籍数が一〇〇万冊を超えるという巨大古書店街となった。

歴史こそ浅いものの、その規模は確かに世界でも屈指であり、神保町にも肩を並べる〝本の町〟である。

のみならず、元映画館がそのまま店舗《てんぽ》になった〝ヘイ・シネマ・ブックショップ〟、古城、ヘイ・キャッスルの中にまで出店している古書店など、風変わりなスポットも多い。

イギリスで本を求めるとすれば、それこそロンドンのチャリング・クロス街や世界に名だたるハマースミス書店があげられるが、このヘイ・オン・ワイも愛書家たちの間で静かに愛され、熱狂的に支持されているのだ。

そんな町に行った読子は、どうすればいいのだろう。

「ああっ、しまったっ！　三時間って言えばよかったっ！」

前述《ぜんじゆつ》したが、この町の在庫書籍は一〇〇万冊なのである。本気なら、町に泊まりこんで本を探す覚悟が必要だ。二時間なんて、書店の入口を回っているだけで過ぎてしまう。

　更にこの町の古書につけられた値段は、愛書家が涙を流して喜ぶほど安い。ハマースミス書店は品揃《しなぞろ》え、その値段共に〝高レベル〟で知られているが、ヘイ・オン・ワイでは、ものによっては同じ本が文字通り「一ケタ違う」安さで売られている。

　この町の欠点をあげるとすれば「本が多すぎて、探すのに時間がかかる」という甘美な悩みのみだ。

「全部まわってる時間は到底ありません……。こうなったら、狙いを定めて集中的に攻めるしか……」

　読子は、指でメガネのポジションを整え、書店を見つめた。

　優れた武道家は、発する〝気〟で相手の力量をつかむ。

　読子もまた、長年本に耽溺《たんでき》した生活を続けているうちに、本の発する〝気〟を察知できるようになったのだ。

　これは決して作り話ではない。面白い本は、ページを開かれなくてもその面白さを宙に放っている。

　タイトル、装丁《そうてい》、オビ、惹句《じゃっく》。それらを交えて、通りがかりの読者を捕らえる〝引力〟のようなものを終始出《しゅうし》しているのである。

　本屋に何年も通いつめ、何千万冊という書籍を見ていれば、それは容易に捕らえることができるのだ。

とはいえ、書店に入らずして街頭からそれをキャッチしようとは、読子という尋常《じんじょう》ならざる愛書狂《ビブリオマニア》にして初めてできうることでもある。

「…………………………」

読子のメガネがわずかに白くなった。

九月半ばの英国、山村。温かいはずがない。

全神経を集中し、彼女自身が発する熱気で、メガネが曇ったのだ。

センサーのように、読子の視線がとある一角からの気をつかまえた。

「!?」

そう、例えば店頭に並んだ新刊の気を子犬とするならば。

そこから漂う気はティラノサウルス・レックスのように巨大で、異質だった。

「…………………」

読子の喉《のど》が動いた。

口に溜《た》まった唾《つば》を飲み込んだのだ。

彼女は小さく息を吐き、どうにか気分を落ち着けて、その書店に向かって一歩を踏み出した。

読子の意気込みと覚悟にも拘《かかわ》らず、そこはごくありふれた書店だった。

「おじゃましまーすぅ……」

店の奥で、眠たげな目をした恰幅《かっぷく》のいいオヤジが顔をあげた。おそらくは、店主だろう。

鍵《かぎ》つきのショーケースに入れられた稀覯本《きこうぼん》。整然と並んだ古書。戦前の、もの珍しい雑誌のバックナンバー。

品揃《しなぞろ》えは悪くない。整理にも店主の生真面目《きまじめ》さが表れている。が、平均的な書店であることにはかわりない。

読子は多少なりと、肩すかしの印象を受けた。

キョロキョロと、店内を観察する。

オヤジはもう関心を失ったのか、カウンターの中で視線を落とした。手元のペーパーバック、その中で進む完全犯罪に注意を戻したのだ。

読子の視線は、店の隅《すみ》にある扉に到達した。

わずかに開いている扉から、地下に続く階段が見える。

古書店には、地下に倉庫を所有している店も少なくない。

でなければ、在庫はあっという間に店を埋め尽くすことになる。

暗く、ひんやりとした空気の流れ出ている階段だが、読子の関心は急速にそこへと向けられた。

「あの……地下倉庫、見せてもらっても構いませんか？」

おそるおそる、という物腰でオヤジに声をかける。しかしそれでも、メガネの奥では興奮が高まりつつある。

「……………ケース、置いてきな」

オヤジは下を向いたまま、答えた。

読子の引っ張ってきたスーツケースのことだ。万引きを警戒してのことだろう。

「はいっ。お願いしますっ」

読子は気を悪くする風もなく、ケースをカウンターに立てかけた。

間近で彼女の顔を見て、オヤジは初めて表情を変えた。驚き、というほどではない。例えば空を見上げたら、虹《にじ》が二本も出ていたかのような、ささやかな意外性にめぐりあったような顔だった。

読子はにへら、としか形容のできない笑みを作り、わずかな愛想をふりまくと、階段に向かっていった。

その姿が扉に消えた後。オヤジは一人ごちた。

「珍しいもんだな……観光でもないのに、東洋人の客が続くとは」

倉庫といっても、つまりは地下室である。灯《あか》りは裸電球が点いているぐらいで、なんとも心細い。そして年代物の木製本棚《ほんだな》に押し込まれた未整理の本。空気中には埃《ほこり》が漂い、普通の女性ならおよそ近寄りたくもない場所だ。

しかし読子は、一向に臆《おく》することなく階段を降りていった。

かぎ馴《な》れた匂《にお》いに、くん、と鼻が鳴った。

本は人に読まれてこそ、本。

しかしその大半は、このような陽《ひ》の当たらない、人目にもつかない場所で静かに時を重ねていくのだ。

読子は思う。

もし永遠の命があれば、この世にあるすべての本が読めるのに。

子供じみた夢だが、こんな場所で本の山を見るたびに心のどこかで思ってしまう。

アメリカのTVシリーズ『トワイライトゾーン』の一話に、人類全滅後にただ一人生き残ってしまった読書狂の男のエピソードがあった。

高圧的な妻に普段読書を禁じられていた彼は、ここぞとばかりに図書館から本をかつぎ出し、さあ好きなだけ読んでやるぞと積み上げるのだ。

幼い時、偶然この話を見た読子はその男のおかれた状況を羨望《せんぼう》したものだ。

ともあれ、読子は地下室に降り立った。

自分の感じた気配は、明らかにこの地下から発されていた。

頭の中でメモを開く。

その紙面には、何冊かの本のタイトルが記されていた。

これは、彼女の師にして恋人だったドニー・ナカジマが、生前探していた本のリストである。

「……………………」

彼の死後も、読子はそのリストにある本を探している。古書市があるたびに顔を出し、既に暗記した本のタイトルを求めて歩きまわる。

そうして見つけた何冊かの本は、彼が借りていたベイカーストリートのアパート、その本棚《ほんだな》にそっと入れておくのだ。

生きてる間に読めなかった本を、少しでも渡したい。

自己満足であることは知っている。しかしこれが、彼女なりの供養《くよう》なのだ。

彼を殺した読子・リードマンとしての。

「……………………」

ぞろりと並ぶ本の背を眺めつつ、視線が地下室の奥にと進んでいった。

その先に。

電球の作り出したささやかな灯《あか》りの中に。

その男は立っていた。

「!?」

男は、手にした本に見入っていた。

黒いスーツに包んだ細身の身体《からだ》。

活字を追う、柔らかい眼差し。

それは、読子の奥底に埋もれていた感情を一瞬で掘り起こした。

「ドニー！」

言うと同時にしがみついた。

「！」

声にならない驚きが、埃《ほこり》と灯りの中で、揺れた。

「ドニー、ああ、そんな、ドニー！」

首を大きく振る。がくがくと膝《ひざ》が震えた。驚愕《きょうがく》のあまり、倒れてしまいそうだった。

「ドニー……？」

疑問符が、頭の上から落ちてきた。

「…………………？」

その声に、読子は我を取り戻す。

顔を上げ、男の顔を見つめた。

困惑した顔が、読子を見つめ返していた。

メガネが無かった。髪も、ドニーより長かった。スーツに思われたのはジャケットで、黒の

Tシャツの上に直《じか》に着ていた。

ドニーよりも大きく、黒い瞳が読子を覗《のぞ》き込んでいた。

「…………………誰…………」

読子はそっと、身を離した。

「……それは、どっちかというと僕のセリフだと思いますが？」

男は小さく笑った。肌の色は東洋系だが、口から出たのは流暢《りゅうちょう》な英語だった。

読子はここに至ってようやく、自分が人違いをしていたことに気づいた。

「！　すっ、すいませんっ！」

読子は慌《あわ》てて頭を下げる。

「いえ。びっくりはしましたが」

読子は赤くなって、下を向いた。男の口調に無礼をたしなめるような響きはない。

「……すみませんすみません。……昔の知り合いに、似てたもので……」

ちらちらと盗み見ると、それほどドニーに似ているわけでもない。なぜ、そう見えたのかは自分でもわからなかった。

「昔の知り合い……ドニーさん。あなたの、恋人ですか？」

「…………………」

読子の沈黙を、男は肯定と誤解したようだった。

「こんなに情熱的な恋人がいるなんて、うらやましい人だ」

「……いえ、あの……彼は……もう、亡くなって……」

とぎれとぎれの言葉に、今度は男が狼狽《ろうばい》した。

「！　し、失礼しましたっ」

慌《あわ》てて男も頭を下げる。

「いえ、こっちこそ……」

「いや、知らないとはいえ……」

二人は同時に、ゆっくりと顔をあげた。

互いの視線があい、微笑がうまれる。

読子が、口を開いた。

「じゃあ、おあいこってことにしませんか？」

「……そうですね。僕にしてみればあなたに抱かれたわけですから、分《ぶ》のいい取引だ」

男が、読子に手を差し出す。

「劉 王炎《りゅうおうえん》ともうします。香港《ホンコン》から来ています」

読子は抵抗なく、その手を握った。

「読子・リードマンです。えっと、家は日本なんですけど、こっちでもよく仕事をしてるので」

「お仕事は？」

ごく自然に会話が流れ、読子はしまった、という顔を作った。まさか正体を言うわけにもいかないので、いつものように答える。

「……非常勤の、講師をしております……」

「ほう、それはお若いのにたいしたものですね。ケンブリッジですか？　オックスフォードですか？」

よりによって英国のトップ2をあげることはないだろう。どうやら王炎はそれなりにエリートのようだ。

「いえ、あの、適当なとこで……あなたは？」

読子はもごもごと口ごもりながら、質問を返す。あまりボロが出ないうちに。

「知り合いの貿易を手伝っています。といっても、英国はほとんど初めてでして。まだまだヒヨッコです」

よくよく見ると、歳《とし》はそう、三〇前だろうか。ドニーよりも幾《いく》つか若い。

それにしては物腰が落ち着いている。これは、ビジネスの波に揉《も》まれているせいだろうか。

「古書は趣味でして。この町のことは前々から聞いてて、一度来てみたかったんですよ」

読みふけっていた書物の表紙が、読子の目に入った。

「！」

タイトルは『髪盗み』。著者はアレグザンダー・ポープ。一八世紀の英国を代表する詩人である。

読子の手が、思わずその本をひったくりそうになる。

「なっ⁉」

慌《あわ》てて王炎が本を抱きしめた。

「あっ、すっ、すいませんっ。あの、その本……」

「ああ、一七一四年の初版ですね。これほどの美本も珍しい」

こくこくと読子が頷《うなず》く。王炎はその反応で、読子の愛書狂《ビブリオマニア》ぶりを悟ったようだった。もっとも、こんな山村の古書店の地下にまで出向いてくる女が、普通の本好きであるはずもないが。

この本も、ドニーのリストにあったものだ。読子は涎《よだれ》を垂らさんばかりに、本を見つめた。その視線の意図《いと》するところが、当然王炎にも伝わった。

「……欲しい、ですか?」

「はいっ。はいはいっ」

読子はぶんぶんと縦に顔を振る。

「さて…………」

王炎は、端麗《たんれい》な眉《まゆ》を曲げた。

「実は、私もこの本をコレクションに加えたいと探していたのです。さっきは、ようやくめぐりあえた喜びにひたっていたところで」

同じ本読み、その感動はよくわかる。読子のテンションが、みるみる下がっていった。

オークションでもない限り、古書の入手は、早い者勝ちが原則である。

そこには義理も情も礼儀《れいぎ》も無い。シンプルに、「一秒でも早く手にした者が勝ち」なのだ。

「だがしかし……ここであなたに会ったのもなにかの縁。あなたに〝愛《いと》しの本をタッチの差でさらっていった男〟と覚えられるのも、嫌ですし」

「い、いえっ。私、そんな……」

読子は慌《あわ》てて否定するが、そんな感情がまったく無いか、と言われると答えにくい。

「ですから、正当に勝負しましょう。じゃんけんで」

「はあっ？」

突き出された手のひらに、読子は一瞬疑問を返した。

古書市で似たような状況になった時、何度か相手に同じような懇願《こんがん》をしたことはある。しかし、一人として応じてくれた者などいなかった。それはそうだ。相手にしてみれば、なんのメリットも無いのだから。

今こうして相手のほうから提案されると、かえって意外に感じてしまう読子だった。

「やめときますか？」

「やりますやります！　一本勝負ですか？」

「お望みとあらば」

「望みます！　あ、ちょっと待ってください！」

読子は、腕をからませて握りあわせた拳の間を覗《のぞ》いた。日本人がじゃんけんに挑む時、よくするおまじないである。

王炎はそれを珍しそうに、かつ楽しそうに見つめていた。

読子のあまりに裏表のない態度が、気にいったようだった。

「お待たせしましたっ！」

読子が、王炎に向き直る。

「結構。では、始めましょうか」

王炎が、『髪盗み』を積み上げられた未整理本の上に置いた。

この地下にて何十年という日々を過ごしてきたであろう『髪盗み』は、今日からの所有者がどちらになるのか静かに見守っている。

「いきますよ。………………じゃーんけーん」

「ぽんっ！」

王炎の合図で、読子が手を突きだした。大きく開かれた手のひら。パーだ。

「ほう！」

王炎の手も、同じく大きく開かれていた。

「あーいこーで」

「しょっ！」

二人の手は、またも同じく「パー」を形取った。

「あーいこーで」

「しょっ！」

床に落ちた影は、またしてもパー二つ。

「…………………………」

「…………………………」

二人の視線が交錯《こうさく》した。三回連続でパー。次は変えるか？　グー？　チョキ？　目まぐるしい心理戦が繰り広げられた。

「あーいこーで」

「しょっ！」

二人の指はあわせて一〇本、大きく広げられていた。パーだ。どこまでも、パー！

ここで両者の顔に浮かんだのは、驚きだった。

なんでそこまで、パーに⁉

「あーいこーで」

「しょっ！」

推論すら立たないままに、勝負は続けられた。だが困惑したせいか、二人の出したのはあくまでもパーだった。

「あいこでしょっ！」

「あいこでしょっ！」

「あいこでしょっ！」

暗い地下室で繰り広げられる勝負は、いつしか異様な熱気を見せていた。

無限のごとく続くパー、パー、パー。

チョキを出せば、勝てる。だが今回に限って相手が裏を読んだら？

そんな言いしれぬ不安と、ここまで連続してパーを出したからには引くわけにはいかない、
というチキンレースにも似た考えが錯綜《さくそう》する。

矛盾《むじゅん》したプライドが王炎の頭を焦《こ》がした。

「あいこでしょっ」

「あいこでしょっ」

「あいこでしょっ」

十数度も繰り返しただろうか、一滴の汗が読子の顎《あご》を伝って落ちた。

「!?」

それは、王炎にとって大きな驚きだった。

この女は、まぎれもなく本気だ⁉　王炎にしてみれば、軽い遊びのようなものである。本に未練はあるが、読子に譲《ゆず》っても別段ショックでもないのだ。

しかし読子は、じゃんけんに勝ち、本を手に入れるということに全身で燃えている。

その驚きが、王炎にスキを作った。

「あいこで……しょっ！」

「⁉」

室内に静寂が満ち、床の影は初めてその姿を変えた。

読子の手はパー。これまでと変わることのない、堂々としたパー。

かたや、王炎が出していたのはグー。咄嗟《とっさ》に握ってしまったのか、精神的な怯《ひる》みがあったのかはわからない。だがそれは、まぎれもなくグーだった。

パーとグー。勝敗は決した。

「やったー！」

読子が大声をあげて喜ぶ。その、あまりの素直なはしゃぎっぷりに、王炎がやれやれ、と頭を振った。

「私の勝ちですねっ。じゃっ本、いただきますよっ」

言葉が終わらないうちに、もう読子の手は『髪盗み』を摑《つか》んでいる。豊満な胸におしつけ、

革表紙に頬《ほお》をすり寄せる。

勝負の名残《なごり》とばかりも思えないほど、その顔は上気していた。

「かかる迷路のその中に、愛は奴隷《どれい》を引きとどめ……」

ぱらぱらとめくり、目の止まった一節を読み上げる。

王炎がぞくりとするほど、その口調には迫力が満ちていた。

「……あ、す、すいません。つい興奮しちゃって……」

「いえ……」

王炎は、どうにか平静な笑みを顔に取り戻した。

「それだけ喜んでもらえれば、本も幸福でしょう。それは、最初からあなたの手に渡るべき書だったようだ」

「そんな……」

読子は照れくさそうに頭をかいた。

「あなたはなかなか興味深い人だ。よろしければ、もっとお話しでも……」

「え？ あ、ごめんなさい。私、ここに二時間しかいられないんです。ここはこの本が見つかったから、後はちょっと他の本屋さんもまわってみたいなーって思ってるんで……」

すまなそうな顔になるが、それ以上押しても意見は変わりそうにない。

「そうですか……それは残念です。しょうがない、私はもうしばらくここで、掘り出し物を探すとしましょう」

「すいません、本当に……」

「お気になさらず。愛書狂《ビブリオマニア》どうしなら、また会える機会もあるでしょう。世界のどこに行っても、私たちが向かうのは本屋か古本屋ですから」

王炎が白い歯を見せた。読子に本を譲《ゆず》っても、気を悪くした様子はない。

「本当にありがとうございました、王炎さん」

読子は弾むような足で、階段を上り始める。

その背に、王炎が声をかけた。

「じゃんけんは、人類の文明発祥《はっしょう》の頃からありました」

は？　と読子が振り向く。

王炎は、読子を見上げて言葉を続けた。

「不思議なのは、それがまったく交流のない文化圏《ぶんかけん》で独自に発生した、ということです。言語、文化、宗教、商業、なんの接点もない人々が、それでもグー、チョキ、パー。同じ形を手で作ります」

ゆっくりと手を上げる。手を広げ、パーの形を作る。

「グーは石、チョキはハサミを意味します。パーは葉、という地域もありますが、大半は石を包み込む紙を意味するんです。ご存知でしょうが」

「はぁ……」

読子は質問の意図《いと》が見えず、王炎を見つめ返している。

「よろしければ、お聞かせください。あなたはなぜ、あれほどパーを出し続けたのですか？」

その問いに、読子はようやく頷《うなず》いた。ああそういうことか、と。

「あんまり意味はないんです。ただ……」

「ただ？」

わずかに訪れた静寂に、電球がジジジと音を立てた。

「紙《パー》使ってたら、負けないような気がしたんで」

今度は、王炎が読子を見つめる番だった。

「楽しかったです、王炎さん。失礼します」

読子は一人、階段を上っていった。

「……くっ……ふっ……はっはっはっ……」

残された王炎は、本の山の中で小さく笑い出した。


「遅いっ！　遅刻ですよっ！」

「すみませぇん……」

集合時刻を一五分ほど過ぎた頃。ケースのみならず大きな紙袋を手にした読子が、ようやく姿を見せた。

ウェンディも何冊かは購入したが、それでもエプロンのポケットにおさまる程度だ。

「あーもう、こんなに買ってきて。ほら、貸してください」

「い、いいですって。自分で持ちますから」

ウェンディは、読子の紙袋を奪い取ると、タクシーのトランクに押し込む。

待たされていた運転手は、吸いかけのタバコを灰皿でもみ消した。

「さあさ、乗って乗って！」

「ふわいー。ああ、疲れた……」

「自業自得《じごうじとく》ですからね。ロンドンについたら、さっそく特殊工作部に直行ですよー！」

大声に、運転手が怪訝《けげん》な顔を作る。

「！」

ウェンディは、慌《あわ》てて口を押さえた。

（機密漏洩《ろうえい》!?　私ってば、また大失敗!?）

しかし運転手は、なんの追及もしてこなかった。メイド服とくたびれたコートの二人づれに、改めて眉《まゆ》をしかめただけだった。

「はふー……」

安堵《あんど》の息をついて、ウェンディが後部座席に乗り込む。

読子がそれに続く。

ほどなくして、タクシーはロンドンに向かって走り出した。

山間《やまあい》に生まれた本の町、ヘイ・オン・ワイを後にして。


その翌日のことである。

ロンドン在住の愛書家、ヒューズ夫妻が愛車を飛ばしてヘイ・オン・ワイに向かった。

何週間に一度の、古書漁《あさ》りのためだ。

しかし、走り慣れた山道を幾《いく》ら飛ばしても、見覚えのある古書店街は見つからなかった。

〝古書店街が、ついでに町を経営している〟と言われた街並みそのものが無かった。

当惑しながら何度か往復を繰り返した後、夫妻は車を停めて地面に降りた。

「……いったい、どういうことだ……」

そこには文字通り、なにも無かった。

わずかな草と地面が、一〇〇〇年前からこうでした、といわんばかりに横たわっていた。

愛書家たちの理想郷《りそうきょう》、ヘイ・オン・ワイはこの日、地上から消え去った。

原因は、誰にもわからない。

第一章　『出世のチャンス』

人が人たる証明。

それは叡智《えいち》と、それを駆使《くし》して行う行動にある。

紀元前二万年、人はラスコーの洞穴《どうけつ》の壁に狩猟《しゅりょう》のデッサンを記した。

デッサンの端にサインの一つでもすれば、彼は人類史に名を残す有名人となったはずだが、自分の名を伝える〝文字〟が発明されるのはそれから一万数千年後だった。

紀元前四〇〇〇年頃、メソポタミア南部のシュメール人が発明した楔形《くさびがた》文字は、対象物の形を簡略化した記号に近いものである。

それは商売の帳簿《ちょうぼ》など、生活の必然性から生まれたものだったが、現代から見ればあまりにも偉大な発明といえる。

文字により、人は叡智と情報を伝える術《すべ》を摑《つか》んだ。

個人の閃《ひらめ》きが広く伝播《でんぱ》し、文化の発展速度は急カーブを描いて上昇した。

文明の歩みにつれて、人は自分たちが生きるこの世界の他に、もう一つの世界を探しあてる。

各人の内にある、内面世界。

そこは思想、空想、心理、激情、哲学、物語、欲望、あらゆる感情が渦巻《うずま》く果てしない宇宙だった。

文字、そして紙という心強い味方を得た人々は、それぞれの思い描いた物語を書き連ねていった。

かつて、語《かた》り部《べ》や詩人が一夜の興《きょう》にと口にした寓話《ぐうわ》や伝説、詩は広く人々の知るものとなり、静かに深く浸《し》み通っていった。

そんな夜を何百万と過ごし、我々はここにたどり着いたのだ。

幾億《いくおく》もの叡智《えいち》で武装し、更なる未来に進むべく。


重く大きく、古めかしい。

大英《だいえい》図書館特殊工作部の入口に当たるドアは、そんな印象で見る者を威圧《いあつ》する。

大英博物館内の、非常通路の一角に設けられた特設ポケット。

その前で、特殊工作部所属を示すプレートを提示するとセンサーが反応し、壁が開く。中に進むと、地下五〇メートルにまで達するエレベーターがある。

それに乗って降りると、更に外観から指紋《しもん》、声紋《せいもん》、眼紋《がんもん》をチェックする通路に出る。

各種のチェックをクリアーして、このドアの前にたどり着くのだ。

読子《よみこ》・リードマンとウェンディ・イアハートは、ようやくヘイ・オン・ワイからロンドンに到着し、そのドアに直面していた。

「遅刻……したわけじゃないけど、なんだか入りづらいですね……」

ウェンディは、大英図書館特殊工作部のマークが文字盤になっている腕時計を見た。

タクシーを急がせたが、時計は八時半をまわっている。

「授業に遅刻した、生徒の心境ですね」

生徒時代のみならず、教師になっても遅刻経験の豊富な読子がしれっと述べる。

そもそも原因は読子のより道にあるのだが、本人は気にしているふうもない。

「読子さんはいいですよっ。VIP扱いのエージェントなんだからっ。私なんてまだまだ見習いですもん。こういう細かい失点が悪印象になるんですよぅ」

ウェンディは落ち込んだ表情になり、ドアの表面に指先でSを書き連ねた。

「VIP扱いされてるんですかねぇ……」

困ったような顔で、読子がわしゃわしゃと頭をかく。

確かに〝ザ・ペーパー〟として、ある程度の特権は与えられている。それらは大英図書館蔵書の無期限貸し出し、稀覯本《きこうぼん》の持ち出し許可、新規購入本のリクエスト権などだ。

特権といえば特権であるが、普通のエージェントならあまり有り難くもないだろう。

読子にしてみても、借りた本は返すのが当然だし、新規購入本も図書館に入る前に自分で買ってしまうケースがほとんどだ。

ＭＩ６のダブルオーナンバーに与えられる、という〝殺人許可証〟と同じで、当の本人にはあまり強行に使う機会もないのである。

「まあとにかく、戻ってきたんだからよしとしましょう。私たちが黙ってれば、ジョーカーさんもより道したなんて気づきませんよ。ねっ」

「……まあ、そうですがぁ……」

なんとかウェンディも気を取り直し、二人は改めてドアに向き直った。

艶光《つやびか》りする樫《かし》のドアに手のひらを当てると、ドアはその巨体からは信じられない静かさで開いていった。

何フロアーもの高さを貫《つらぬ》いた吹き抜け。

円形のスペースに、ランダムに区切られたブース。

そこかしこ、無数に設置されたディスプレイには、開かれた書物の拡大画面。

行き交う台車には本が山と満載され、すれ違う人々がまた、その中から資料を抜き取ったり、使用済みの本を突っ込んだりしている。

遙《はる》か階上からのコンベアーで運ばれてくるのは、無論本だ。修繕《しゅうぜん》スタッフの手によって、廃《はい》棄《き》寸前だったボロボロの古書が新刊と見紛《みまご》うばかりに蘇《よみがえ》る。

世界中の出版社、印刷所から発行予定表が送られてくる。専門スタッフが、それをコンピュータに登録していく。

とあるプロジェクトチームが激論を戦わせている。

米露《べいろ》の宇宙ステーションに駐在《ちゅうざい》する作業スタッフに、どうやって〝新刊〟を届けるかを考えているのだ。通信でも、データでもない、届けるのはあくまで〝本〟。

地下のせい、ばかりではない。

大英図書館特殊工作部は昼夜を問わない、変わらぬ熱気に包まれている。

読子はしばし、入口で立ちつくした。

「…………………………」

瞼《まぶた》を閉じ、なにかを堪能《たんのう》しているように眉《まゆ》を寄せる読子に、ウェンディが怪訝《けげん》な顔を作る。

「どうしたんですか、読子さん？」

「いえ、ちょっと…………」

読子は広いフロアーを、隅々《すみずみ》まで見渡した。

本、本、本、人、本、人……。

何度来ても思う。ここは、人と本が美しく交わっている場所だ。

人は本のために尽くし、本は人のためにその力を最大に発揮する。

書店街や古本市とはまた違う、読子の愛すべき職場である。

「読子!?　読子か!?」

下のフロアーから、声がかかった。

「ジギーさん!」

声の主を見て、読子の顔がぱぁっと輝く。

そこには、シワだらけの白衣を着込んだ老人が立っていた。

「ごぶさたしてますっ」

読子は急いで階段を降りていく。ウェンディも、慌《あわ》ててその後を追う。

老人の名はジギー・スターダスト。特殊工作部の開発部を取り仕切る、製紙学者である。読子が任務で使用する〝特殊紙〟は、彼の手で生み出されたものだ。

「久しぶりじゃのぅ、ようやく顔を出しおったか」

禿《は》げあがった頭頂部、白髪《しらが》の側頭。顔に刻まれた深い皺《しわ》。

気難しげな相貌《そうぼう》が、緩《ゆる》んだ。

「すいません。急な任務ばっかりで、入れ違いになっちゃって……」

読子がぺこぺこと頭を下げる。

偶然に、恩師に出くわした生徒、といった様子だ。事実、二人の関係はそれに近いものがある。

読子が本に魂《たましい》を売った女なら、ジギーは紙に取り憑《つ》かれた男である。

「人類の叡智《えいち》は〝紙〟という翼を得て飛翔《ひしょう》した」

それが彼の主張である。どれだけ通信業界が発達し、ネットワーク社会が形成されても、情報の根幹《こんかん》をなすのは紙だ、という彼の主張は揺るぎない。

彼は生涯《しょうがい》のうちに、紙の最高傑作《けっさく》をこの手で作り出す、という夢を抱いている。

大英図書館にて実験を重ね、多くの特殊紙を生み出しているのも、そのためだ。

彼にとってザ・ペーパーは、紙の神秘を引き出し、実験を大きく飛躍させる同志なのだ。特に、読子にはそのストレートな感情と、歴代のザ・ペーパーの中でも比類ない愛書家ということで、より強い好感を抱いているようである。

「まあワシも、木を探してあちこち飛びまわっておったからな。……で、どうじゃ？　新しい紙は試したか？」

「ええ、何枚か」

読子は笑顔で頷《うなず》いた。タイタン号にて使用した幾《いく》つかの紙は、彼の開発部からジョーカーが直接持ってきたものだった。

「後で、レポートを頼むぞ。おまえの意見が、一番参考になる」

スタッフには〝紙の鬼〟と呼ばれ、恐れられているジギーだが、読子と話している時はその片鱗《へんりん》も見せない。

「はいっ……と言いたいところですが、私、ちょっと忙しくなりそうなんです……」

読子の顔が曇った。

その後ろから、ようやくウェンディが顔を出す。

「？　なんじゃ、おまえか」

「ど、どうも……」

読子ほどではないが、ウェンディもジギーと接点がある。

彼女が大英図書館から特殊工作部に移籍《いせき》する際、アドバイス（らしきもの）をくれたのがジギーだったのだ。

特殊工作部に移ってからは、もっぱらジョーカーの世話にあけくれているウェンディだったが、それでも時折、ジギーに出くわすと挨拶《あいさつ》や立ち話などはしている。

ジギーは、ウェンディをしげしげと見つめてつぶやいた。

「……また、なんちゅうカッコをしとるんじゃ……」

ウェンディは、いまだメイド服を着たままだった。着替える服もなかったので当然だが。

「こっ、これはっ、ジョーカーさんが悪いんですっ！　日本の民族衣装だっていうから、信じたのにっ」

「おまえは素直なのが美点じゃが、素直すぎるのが欠点じゃな」

長所と短所をひとまとめにされ、ウェンディががくっと肩を落とした。

「しかし、忙しくなるというのは、例のアレか？　ジェントルメンの招集か？」

「はい。ジギーさん、なにか聞いてますか？」

ジギーが頭をかいた。

「さてな。開発部には詳しい情報も入ってこん。わしらはあくまで支援部隊じゃからな」

「ウェンディさんも、詳しいことは教えてもらってないんです」

「当然じゃな。こいつに教えた日には、どこで情報が漏《も》れるかわからん」

「私って、そんなに信用ないんでしょうかぁ……？」

ジギーの率直《そっちょく》すぎるコメントに、ウェンディが打ちひしがれる。

「それもある、が、つまりは情報を特殊工作部から出したくなかったんじゃろう。だから通信も使わず、わざわざおまえを呼び寄せたんじゃ」

ジギーのような古株《ふるかぶ》が言うと、さすがに重みがある。

「……今回の任務、そんなに重要なんでしょうかぁ……？」

読子の口調も、いくらか真剣になった。あくまでいくらか、だったが。

「開発部にも、特殊紙のストックを運び出しておけ、と通達があった。少し前に海軍のおエラ方も出向いてきたし、予想外に大事《おおごと》かもしれんて」

深刻そうに顔を見合わせる読子とウェンディである。

「まあ、悩んでてもしかたあるまい。ジョーカーのところに顔出すのが先決じゃろう」

「それも、そうですね」

立ち話をしている間に、時刻は八時四五分を過ぎていた。

「急ぎましょう、読子さん。ジョーカーさん、いるといいけど……」

「ここ数日、ヤツは泊まりこみじゃよ。本気で忙しいのかもしれんな、あの男」

ジギーは白衣を翻《ひるがえ》し、読子たちに背を向けた。

「余裕《よゆう》があったら、開発部に顔を出せよ。会いたがってる者もけっこういるぞ」

「はいっ。また後でっ」

読子はぶんぶんと、大きく手を振ってそれに答えた。

ウェンディは今のやり取りで、緊張がほどよくほぐれたことを実感していた。

大英図書館と特殊工作部の両方に勤務したが、職場の空気は大きく異なる。大英図書館は、それこそ規律が大きな意味を持ち、勤務時の無駄口《むだぐち》などは許されない。一瞬たりともプロ意識を失ってはいけない雰囲気《ふんいき》だ。

比較して、特殊工作部はかなり自由度が高い。だらしない、とはまた違うリラックスした空気が、広い場内に漂っている。

どちらがどういい、というわけではない。

それぞれに、それぞれの任務に適した雰囲気をスタッフが作り上げているのだ。

ただ、その雰囲気があまりにも違うため、大英図書館と特殊工作部の間に目に見えぬ壁のよ

うなものがあるのも事実である。

距離的な要因もあるのだろう。

大英図書館は、かつて大英博物館の一セクションとして併設《へいせつ》されていた。

しかし書籍は、美術品に比べて増えてゆく速度が異様に早い。たちまち蔵書は膨《ふく》れあがった。更に、ビデオ、コンピュータ、サウンドシステムなど多彩なメディアへの対応も新時代の図書館としては急務だった。一九九七年に、正式に大英図書館として独立したが、むしろ遅すぎる感すらあった。

大英図書館は新しい施設としてセント・パンクラス駅の隣に移動したが、特殊工作部は変わらず大英博物館の地下に留まった。

地下五〇メートルに建造されたこの機関は、事実上移動など不可能だった。

かくして大英図書館と特殊工作部は、直通の地下鉄道一本で結ばれただけの、やや疎遠《そえん》と言っていい関係に落ち着いた。

物理的な関係は心理的な関係にも影響し、両者のスタッフはどことなくよそよそしい関係論に落ち着いたのである。

遠くの親戚《しんせき》より近くの他人、というわけでもないだろうが、特殊工作部はどちらかというと大英博物館のスタッフと交流が深い。移動前からのつきあいもあるし、やはり〝同じ屋根の下〟という共通意識も働いているのだろう。

　しかし図書館と工作部の軋轢《あつれき》（というほどではないが）は、上層部にしてみれば頭の痛い問題である。こと本に関する限り、二つの組織はまさに表と裏、切り離せない関係なのだから。

「行きましょう、読子さん」

「あ？　ええ」

　放っておけばいつまでも手を振っていそうな読子を引っ張って、ウェンディは工作部の奥へと向かった。


　特殊工作部の中でも、個室を割り与えられるスタッフは少ない。

　大抵は机を並べての部署別作業、泊まり込む時は宿泊施設を利用するのが普通である。

　ジョーカーは、そんな数少ない上層部スタッフの一人だ。

　特殊工作部に勤めるスタッフは一〇〇〇人を超えるが、ジョーカーは事実上その統括《とうかつ》をまかされている。

　彼より役職が上のスタッフも何人かはいるが、今は現場から退《しりぞ》いた〝世話役〟的な立場を執《と》っているのだ。

　とはいえ、ジギーのような古株《ふるかぶ》にはジョーカーも頭ごなしに命令もできない。英国人としての人一倍高いプライドを傷つければ、開発部丸ごと辞職、という事態すらありうる。

　つまり、ジョーカーに求められるのは作戦の指揮官としての有能さであり、各セクションへの配慮《はいりょ》と人材の調整である。

いわば、スタッフとジェントルメンに挟《はさ》まれた中間管理職なのである。

「失礼しまーす。ウェンディ・イアハート、読子・リードマンをお連れしましたぁ」

入口に比べれば威圧《いあつ》感の少ないドアの前で、ウェンディが声を出した。

「…………？」

しかし、中からの返答は無い。

「ジョーカーさぁん、もしもーし」

代わって、読子がノックしてみた。やはり返事は無かったが、するっとドアが内側に開いた。鍵《かぎ》はかかってないようだ。

「失礼……しちゃいますか？」

「……しちゃいましょう」

ウェンディと読子が顔を見合わせる。

無断の入室は礼儀《れいぎ》正しいとは言えないが、ジョーカーも目くじらをたてて怒りはしない。それに、ウェンディとしてはこの忌々《いまいま》しくも恥ずかしいメイド服の仕返しをしてやりたい、という気分もある。

「帰って来たら、本の山が崩《くず》れるようにトラップをしかけちゃいましょう」

「まあ、そのくらいは……」

「そうですよぉ。私ったらこんなカッコで地球を半周したんですからっ」

軽口を叩きながら、ウェンディが暗い室内に入った。

その後頭部に、いきなり銃口が突きつけられた。

「!?」

「遅いぞ」

ドアの陰から、まるで影が話したかのように重く、太い声が流れた。

「ん？　読子じゃ……」

「！」

下がった銃口に、一枚の紙が刺さった。読子が、紙使いの能力を発揮したのだ。

「！」

ドアの陰に隠れていた男はただちに銃を捨て、ホルダーからナイフを抜き、読子へと向けた。

しかし、読子のほうが早かった。男の首筋には、ぴんと張った紙が刃物のように突きつけられた。

男と読子が向かい合い、互いの顔を見た。

「……ドレイクさんっ？」

読子は、男が幾度《いくど》となく任務を共にしたパートナーであることを知った。

闇の中で目立つ金髪《きんぱつ》を帽子で隠し、愛用の軍用ジャケットを身にまとっている。

鍛え上げた巨体で、ドレイク・アンダーソンが小さく舌打ちした。

「……まあ、腕は落ちてないな」

へなへなと、ウェンディがその場にへたりこむ。

「なんだ？　このメイドは？」

「メイドじゃっ、ありまっ、せぇん……」

半泣きになりながら、何度繰り返したかわからない言葉を告げる。

「あの、新しい見習いスタッフさんで、ウェンディさんです」

「そうか。すまんな」

差し伸べられた手を、ウェンディは顔を横に振って拒《こば》んだ。

「ドレイクさん、ひょっとして……」

「ああ、俺もジョーカーに呼ばれた。特殊工作部の一大作戦に参加しろ、ってな」

ナイフをホルダーにしまいながら続ける。

「ついでに、軽くおまえをテストしとけと言われた」

「ジョーカーさんったら、人が悪いですぅ……」

「あいつは人が悪いんじゃない、最初っから〝悪い人〟なんだ」

平然と言い放つドレイクに、読子は苦笑するしかない。

「正直、そんな大がかりな作戦でおまえと組むのはうんざりだ」

ドレイクの毒舌《どくぜつ》は、読子に対しても向けられる。本人にしてみれば、きわめて正直な気持ちなのだろうが。

「が、マギーがピアノを欲しがってるんでな。クリスマスには、送ってやりたい」

マギーとは、ドレイクの娘の名前である。離婚した妻に引き取られ、現在はアメリカで暮らしている。

ドレイクは、銃身から紙をちぎり取って読子を睨《にら》んだ。

「なんの任務かはわからんが、被害総額は億の単位に抑えろよ」

「はぁ……努力してみます」

読子は自身なさげに頷《うなず》いた。

ウェンディが、ようやく気を取り直し、滲《にじ》んだ涙をぐしぐしと擦《こす》って立ち上がる。

「あのぉ……それで、ジョーカーさんはどこにいるんですかぁ？」

「……ここにいますよ」

暗い部屋の奥から、影が立ち上がった。

「！」

影はそのまま照明のスイッチに手をやる。部屋の中が明るくなった。

ソファーで仮眠していたのか、眠たげな目を擦《こす》りながらジョーカーが欠伸《あくび》をする。

「いたんですかっ!?」

「はぁ。私の部屋ですから」

読子の言葉に、心外そうに答える。

「いるならいるって言ってくださいよ！　ノックも挨拶《あいさつ》もしたのにっ」

驚きのせいか、ウェンディが胸をおさえて声をあげる。

「失礼。ここ数日は多忙をきわめていたもので……。それに、スキあらば本の山にトラップをしかけようとする部下までいますからね。一瞬も油断できません」

意地悪い笑みを浮かべる。

ウェンディのつぶやきは、どうやら耳に入っていたようだ。

「まあとにかく、わざわざのご足労《そくろう》、おそれいります。おかけになってください」

読子とドレイクは、促されたテーブルについた。

二人に続こうとするウェンディを、ジョーカーが止める。

「ウェンディ君。お茶を四人ぶん。熱いのをお願いしますよ」

「あ、はい。あの、その前に着替えてきても……」

「砂糖はたっぷりと。大急ぎで」

「はぁい……」

ウェンディは、もしかしてずーっとこのメイド服を脱げないのでは、という不安をわずかに抱きつつ、部屋を出ていった。

同じテーブルに、ジョーカーが座る。

今の今まで横になっていたのに、髪が一本の乱れもなく撫《な》でつけられているのは驚きだ。いったい、どんな整髪料を使っているのだろうか。

「できれば、まっすぐにここに来てほしかったですね、読子」

「！　……あ……知って、たんですか？」

「不躾《ぶしつけ》ながら、空港から衛星で追わせていただきました。ヘイ・オン・ワイまで行くとは思いませんでしたが」

「すみません……つい」

つい、で向かう程度の距離、方角でも無かったはずだが、ジョーカーはそれ以上責めはしなかった。

「まあ、結構です。これからしばらく、書店めぐりはお預けになりますから」

「えーっ……」

読子が、目に見えて落胆《らくたん》した。

「……よっぽどのおおごとらしいな」

かわって口を開いたのはドレイクだ。

「はい。英国の運命がかかっています」

それにしてはあっさりと、ジョーカーが答える。ソースの隠し味を聞かれた主婦のように呆《あっ》気《け》ない口調だ。

「お待たせ、しましたー！」

ウェンディが、トレイにティーカップを四つ持って戻ってきた。

こんな状況になってようやく、メイド服が似合って見える。

全員がティーに口をつけた後、ジョーカーはおもむろに口を開いた。

「あと十数分で、極秘会議が始まります」

その顔は、すっかり普段のものに戻っている。

「出席者はジェントルメン、各軍の最高責任者、MI6の長官、そして私。ここで決定された事項については、首相も口を挟《はさ》めません。女王陛下にも、後日結果のみをご連絡いたします」

ウェンディが、つい音をたてて紅茶を嚥下《えんか》したが、咎《とが》める者はいなかった。

「つまりは、大英図書館の主導による完全な独立行動。そしてその中心になるのが、今この部屋にいる私たちです」

「あのー……それ、私も入ってるんでしょうか？」

ウェンディが、おそるおそる手を上げた。

「もちろんです。中心、という位置からは多少外れますが。馬車馬《ばしやうま》のようにこき使いますので、そのつもりで」

そんな言葉を笑顔で放つところが、ジョーカーの性格だ。

「で、具体的になにをするんでしょうか？」

読子が、いまだ明かされない任務について訊《たず》ねた。

ジョーカーは、カップに再度口をつけてティーを味わい、答えた。

「詳しくは、その会議にて説明しますが。つまりは紙を一枚、ドイツから運んできてもらいたいのです」

「紙ぃ？」

首をかしげる読子だった。


特殊工作部には、いわゆるスタッフルーム以外にも、様々な設備がある。

製紙工場、製版所、印刷工場、製本所、インク、塗料などの用品開発、保管室。閲覧《えつらん》室。およそこの中で製本から廃棄《はいき》まで、本に関するあらゆる工程が可能だ。

それ以外にも、ごく一部のスタッフのみ使用可能な部屋も幾《いく》つか存在している。

その一つが、円卓会議室だ。

ここは、ジェントルメンを初めとする上層スタッフしか利用できない。

この部屋で議論されることは、英国の意志として遂行《すいこう》される。

威厳《いげん》と伝統に裏打ちされた、極秘にして重大な決定事項がくだされる場所。

それが、円卓会議室なのだ。

今そのテーブルに、老《お》いた男たちが集まった。

ジェントルメンを筆頭に、陸海空軍の最高責任者、MI6、スコットランドヤードの長官、枢密院《すうみついん》からも何人かが出席している。

英国の平和と権勢を支えるべく、人生の大半を捧げてきた男たちだ。どの瞳も、一筋縄《ひとすじなわ》ではいかない光を発している。

中で一人、外観的にも雰囲気《ふんいき》的にも浮いている男がいる。

むろん、ジョーカーだ。

濃いグリーンのスーツ姿で、居並ぶ面々を愉快そうに見つめている。

円卓とは離れて、部屋の隅《すみ》に置かれた椅子《いす》には読子、ドレイク、ジギーの三人が腰かけている。さすがに同席、というわけにはいかなかったようだ。ウェンディに至っては、入室すら許されていないらしい。当然といえば当然であるが。

「……………揃《そろ》ったか？」

ジェントルメンが口を開き、ようやく聞き取れるほどの声を出した。

特製の車椅子と一体化しつつある彼は、それでも体力に億倍する権力で、男たちを緊張させた。

「そのようで」

「……では、始めい」

ジェントルメンの指示は、もっぱらジョーカーに向けられている。それは、この会議の進行が彼にまかされている証明でもある。

それがジョーカー本人にはたまらなく心地《ここち》よく、それ以外の出席者にはなかなかに不愉快なものとなっている。

「……では、ただいまよりミスター・ジェントルメン直令、大英図書館特殊工作部指揮《しき》による〝グーテンベルク・ペーパー〟作戦の説明を始めたいと思います」

ジョーカーは席を立ち、一語一句をきっちりと発音して宣言した。

誇らしげな、若々しい声が円卓の上を席巻《せっけん》した。

枢密院からやって来た閣僚《かくりょう》たちが、初めて耳にする言葉に眉《まゆ》を動かした。

ジョーカーは立ったまま、言葉を続ける。

「本作戦の前に、まずその背景からご説明いたします」

部屋の灯《あか》りがすうっと暗くなり、円卓の中央にぼんやりと光の塊《かたまり》が浮かんだ。

部屋の中で、読子だけがひっと身を硬くする。

そこに浮かんだのは、巨大な人間の頭だったからだ。

本物ではない。ホログラフである。

読子以外の男たちは、全員それを即座に知覚した。古めかしい部屋だが、設備は最新鋭のものが整っているのだ。

銅版画から起こされた、髭《ひげ》をたくわえた男の顔がぐるりと回転する。

「ヨハネス＝グーテンベルク。活版《かっぱん》印刷の父です」

この場で、その名を知らない者はいない。

およそ世界中の教科書に登場する、最も有名な偉人の一人である。

ルネッサンス時代の三大発明は火薬、羅針盤《らしんばん》、そして活版印刷と言われている。

火薬は戦争を劇的に変化させ、羅針盤は航海の足を遙《はる》か遠方まで伸ばし、活版印刷は文化を広く大衆の間にまで浸透させた。

グーテンベルクの偉業は、アルファベットからなる金属活字を自在に組み合わせ、同じ活字を違う版に使用できるシステムを考案したこと、金属活字に適したインクを作ったこと、これらの点から印刷の大量生産方式を確立した点にある。

金属活字だけなら、インクだけなら以前からあった。しかしそれを、多量の印刷が可能な技術にまで押し上げたのは、まぎれもない彼なのだ。

そこに、後世の我々は非凡《ひぼん》な叡智《えいち》と努力のきらめきを見るのである。

「……彼の出版した本は、どれも歴史上貴重な文献《ぶんけん》となっていますが、最も有名なのが『四二行聖書』です」

ジョーカーは、生徒に語る学者のように言葉を続けた。

『四二行聖書』とは、その名のとおり一ページに四二の行数で印刷された聖書で、一般に『グーテンベルク聖書』と呼ばれている。

一ページ、縦四二〇ミリ、横三一〇ミリの中におさまった二六〇〇文字の活字は、それ自体が芸術品となるように緻密《ちみつ》に計算され、デザインされたもので、現在に至ってもなお、「史上最も美しい印刷物」と言われている。

だが、この『四二行聖書』はグーテンベルクの名声を高めると共に、その人生に暗い影も落とした。

聖書の完成を前にして、印刷資金を融資《ゆうし》していたヨハネス＝フストが彼を訴えたのだ。グーテンベルクが聖書の完成度にこだわるあまり発行が遅れ、返済する予定だった資金が手にはいらなかった、と一説には言われている。

この訴訟《そしょう》で敗訴したグーテンベルクは、印刷工房や印刷機を手放さざるをえなくなる。

さらにこの時期、彼はカトリック教会の発注により、免罪符《めんざいふ》の発行も自分の印刷工房でこなしている。それは、フストへの返済や工房への従業員への給与支払いのためだったが、その印刷を務めたグーテンベルクの弟子、ペーター・シェッファーがフストに引き抜かれ、更に大きな打撃を受けることになる。

「印刷技術の開祖《かいそ》、グーテンベルクは自己の芸術、芸術といっていいでしょう、『四二行聖書』

の製作にこだわるあまり、闇の世界への協力もやむなし、と考えました」

グーテンベルクの活版《かっぱん》印刷、それによって生み出される大量の書物は、勢力を伸ばそうとする団体にはたまらなく魅力的だった。

黒魔術《くろまじゅつ》、呪術《じゅじゅつ》を行う邪教《じゃきょう》の類《たぐい》である。

彼らは極秘裏《ごくひり》にグーテンベルクに接触し、教典の印刷を依頼する。

信仰深《しんこう》きグーテンベルクは当然それを拒《こば》んだが、フストとの衝突、シェッファーの喪失《そうしつ》、なにより資金が無ければ聖書を発行できない、という度重《たびかさ》なるアクシデントで精神的に追い込まれていく。

そして、禁断の実は落ちた。

グーテンベルクは誰にも知られることなく彼らの教典をまとめあげ、印刷した。

それらは本物の聖書に劣ることなく背教《はいきょう》の世で広まり、多大な影響を及ぼした。

だが、真におそるべき書はそれをさしているわけではない。

「グーテンベルク、この悲劇の天才に自然と備わったもう一つの資質が、〝編集〟。彼は黒魔術、邪教、呪術、錬金術《れんきんじゅつ》の膨大《ぼうだい》な版を編纂《へんさん》し、中世ヨーロッパの魔術大全ともいうべき書を作りあげました」

ジョーカーの言葉にも、熱が入り始めた。

男たちの目はホログラフのグーテンベルクに注がれている。

その無表情が、あるはずのない視線で男たちを見返してくる。

「証拠の発覚をおそれてか、発行部数はわずかに一部。大量印刷の開祖《かいそ》としては皮肉な数字ですが、そのような恐るべき書ともなれば、胸を撫《な》でおろさずにはいられません」

芝居《しばい》がかった仕草で首を振る。ＭＩ６の長官が、目に見えて不快な表情を作った。

「世界中の愛書家たちは、ながらくその本を夢見、その本に焦《こ》がれ、その本を渇望《かつぼう》しました。しかし、なにしろ実在さえもが疑わしいこの一冊。公式に残っている記録も、裁判がらみのものだけです。我ら大英図書館も、創設以来その存在を追ってきましたが、ページの一枚すら発見はできませんでした」

ジョーカーは、ここで一拍間をおいて、ゆっくりと口を開いた。

「……つい先日までは」

ジョーカーの話に聞き入っていた枢密院《すうみついん》たちが目を見張った。

対して軍の関係者たちは奇妙に白《しら》けた顔をしている。

「……見つかったのか？」

「いかにも。完本、というわけにはいきませんが、原葉（オリジナル・リーフ）の一ページがドイツで発見されました」

かく、と音がした。ジェントルメンが、顎《あご》を鳴らした音だった。

「我々大英図書館特殊工作部はドイツに飛び、真贋《しんがん》試験を幾度《いくど》となく繰り返し、そのはてに

〝本物である〟という確信に至りました」

　ファンファーレが鳴らないのがおかしい、とでも言いたげなジョーカーの顔である。

「さて皆さん。これほどまでに謎《なぞ》に満ち、歴史の波に揉《も》まれ、なおかつ因果《いんが》の果てに生まれた叡智《えいち》はどこに行くべきだと思いますか?」

　答える者などいない。ジョーカーも、返答など期待していなかった。決めゼリフは、自分がもらうのだ。

「むろん、英国。大英図書館です」

　ドレイクが、眉《まゆ》をしかめた。奇妙な音が聞こえてきたからだ。

　森の中で、腹を減らした獣《けもの》が発しているような、荒い息の音が……。

「十数度に及ぶドイツ政府との交渉《こうしょう》の結果、めでたく寄贈《きぞう》が決定いたしました。我々は、明日、ドイツに向かい、その恐るべき原葉、グーテンベルク・ペーパーを持ち帰ります!」

「素晴らしい!」

　賞賛の声と拍手を発したのは、誰あろう読子だ。

　椅子《いす》から立ち上がり、ぺちぺちと気の抜ける音を立てて拍手している。

　呆気《あっけ》にとられた男たちの視線が注がれているが、興奮した彼女はそれに気づかない。

「……グーテンベルクさんの遺《のこ》した、この世に一冊の本……! 悲劇を父に、背徳《はいとく》を母にうまれた誰も読まざる一ページ! ……ああっ、そんな本がこの世にあったなんて!」

自らを抱きしめるように腕を回し、陶酔《とうすい》した表情で身をくねらせる。

ドレイクとジギーは顔を見合わせた。

「……変わっとらんのう」

「まったくだ。こんな女が仕事のパートナーだと知ったら、マギーは俺を軽蔑《けいべつ》するな」

英国のVIPたちを前にして、悶絶《もんぜつ》するように震える読子に、ジョーカーが冷や汗をたらした。

「……あの、ザ・ペーパー……？」

「ジョーカーさんっ！　明日と言わずに、今日行きましょう！　すぐ行きましょう！　たちどころに行きましょうっ！」

読子はずかずかと円卓に歩み寄った。

そのあまりに不作法《ぶさほう》な行動に、思わず陸海空が席を立つ。

「失敬だ！」

「立場をわきまえろ、女！」

浴びせられた言葉にも読子は、は？　と目を丸くするばかりだ。

MI6の長官は、冷ややかな目でジョーカーを見た。

「これだから、大英図書館のチームなどあてにならん！」

「ジェントルメン、まだ遅くはありません、作戦の主導権をわが海軍に！」

どさくさまぎれでパワーバランスの変更を申し出る者もいたが、ジェントルメンの笑い声がそれを払う。

「ふしゃしゃしゃしゃしゃ……」

自転車のタイヤから、空気が抜けるような音だった。

しかしそれがジェントルメンのものというだけで、男たちは威圧《いあつ》され、黙りこむ。

ただ一人、読子だけはきょとんとジェントルメンを見ていたが、その理由は彼女が女だから、という単純なものでは、決してない。

「まあ鎮《しず》まれ鎮まれ。一度決めたことだ、そうくつがえすのもよくなかろう。ドイツへは、予定どおり特殊工作部に行ってもらう」

「了解しました」

ジョーカーが、ふうと安堵《あんど》の息をついた。

読子はといえば、顔じゅうを笑顔にして喜んでいる。遠足を明日に控えた児童のようだ。鼻歌など歌い出さないでくれ、とジョーカーは心の中で願った。

「ドイツ側にはもう話をつけてある。だが海軍、空軍共に大英図書館のサポートを忘れるなよ」

「……ご命令のままに」

「……ままに」

海、空軍の男たちが渋面《じゅうめん》で頷《うなず》いた。

「結構。我々も、到着後の精密検査の準備にかかりましょう」

ジョーカーの視線に、ジギーが頷いた。

彼としても、そのような曰《いわ》く付きの〝紙〟を研究できるチャンスを逃す気はない。

「……では、これにて私からの〝グーテンベルク・ペーパー〟作戦、第一段階の説明を終わらせていただきます。……なにか、質問は？」

男たちは沈黙をもって答えた。

彼らにしてみれば、この鼻持ちならない若者が取り仕切る、居心地《いごこち》の悪い場所から早々に離れたいのだ。

だが質問は、ジョーカーの予期しない方向から飛んできた。

「あのう……」

席に戻ろうとしていた読子が、振り返ったのだ。

「その、グーテンベルク・ペーパーって……なにが、書いてあるんですか？」

素朴《そぼく》な質問だったが、ジョーカーの顔色が変わった。

皺《しわ》に埋もれて誰も気づかなかったが、ジェントルメンの顔も微妙な変化を見せた。

「……それは、いまのところ不明です」

「不明なのに、本物ってわかるんですかぁ？」

「使用されてる文法が、ある種の暗号になっているんです。紙とインクでグーテンベルクの工房のものだとは判明しましたが、内容に関しては更に入念な調査が必要です。そのための我々じゃないですか」

「はぁ……そういえば、そうですね」

納得したのか、読子はおとなしく席に戻った。

「他に質問がないようでしたら、本日の会議はここで終結させていただきます」

ジョーカーの合図で、ジェントルメンを除く男たちが立ち上がる。

彼らは円卓の上で手を伸ばし、一糸《いっし》乱れぬ口調で言った。

「全ての叡智《えいち》を英国へ！」

「秋のドイツか、考えただけで底冷えがするな」

ドレイクが部屋を出ながら身をすくめる。

「せいぜい厚着していくんじゃな。北海《ほっかい》は風がきついぞ」

ジギーのアドバイスも、浮かれている読子には届かない。

「魔術……錬金術《れんきんじゅつ》……ああ、ロマンチックが止まりません……」

一行が部屋を後にし、ジョーカーとジェントルメンだけが残った。

「ジョーカーよ」

「ははっ」

ジョーカーが、ジェントルメンの口元に耳を近づける。

部屋には誰もいないが念のため、というやつだ。

「どれだけ犠牲《ぎせい》を払ってもかまわん。グーテンベルク・ペーパーは絶対に英国に持ち帰れ」

「仰《おお》せのままに……」

ジェントルメンのガラスのような瞳からは、真意をくみとることはできない。

だが、その言葉には激しい執心《しゅうしん》の色があった。

ジョーカーが初めて聞く、ジェントルメンの肉声だった。

「それとな」

「はい？」

「大英博物館から、ファウストを解放しろ」

その言葉に、ジョーカーは少なからず驚かされた。

「ファウストを⁉　しかし、彼をあそこに幽閉《ゆうへい》したのは……」

ジョーカーは、質問を最後まで続けることを思いとどまった。その命令をくだしたのがジェントルメンであることを、ジョーカーは知っていたからだ。

「かまわん。ヤツしか、グーテンベルク・ペーパーを解読できる者はいない」

翻《ひるがえ》りそうにない意志の色を見て、ジョーカーは深々と頷《うなず》いた。

「すべて、仰《おお》せのままに……」

垂れた顔に、汗が吹き出るのがわかった。

ジェントルメンはまぎれもなく本気だ。ジョーカーはそう確信した。

つまりは、この任務をしくじると、自分の未来は永久に閉ざされる。

ジョーカーは精神力で、芽生《めば》えつつある不安を希望に転換した。

その反面、成功すれば一気に地位はあがる。今日、円卓に並んだやつら全員に靴《くつ》を舐《な》めさせることも可能になる。

こいつはまぎれもない、出世のチャンスだ。


『サンデー・タイムズ』によると、ヨーロッパとアメリカをあわせた五億人よりも、英国国民六〇〇〇万人のほうが、紅茶を消費するという。

確かに英国人と聞けば、思い浮かんだ人物像の手にティーカップを持たせる人は多い。それほど、彼らとお茶のイメージは一体となっている。

だが、ロンドンの街並みには意外と喫茶店が少ない。ざっと見渡しただけでも、東京のほうが遙《はる》かに多く目に入るはずだ。

そう聞くと矛盾《むじゅん》しているようだが、なんのことはない。大半の英国人は自分の家庭でお茶を楽しむのだ。彼らは前世紀から変わりなく、お茶を愛し続けているのである。

だから、リージェント街の『カフェ・ロビンソン』に勤めるウェイター、クレイグはその東洋人女性の一言にずいぶんと気を悪くした。

「まっずーい！　これでもお茶？　絵の具を溶かしたのじゃないの⁉」

オープンカフェの、中央のテーブルに陣取った東洋人の二人連れ。

ショートカットの女と、懐《なつ》かしいジョニー・ロットンのように短髪を逆立てた男だ。女は黒の革パンツにタンクトップにサングラス、男はやはり黒の、なにやら見慣れないだぼっとした服を着込んでいる。

ああ、あれだ。以前、ビデオで見たことがある。香港《ホンコン》のカンフー映画でジャッキー・チェンが着ていたやつだ。

両者とも、二〇代半ばだろうか。この二人、入店してきた時から目をひいた。

女はタンクトップの上にやはり黒の革コートを羽織《はお》っていた。

「お預かりしましょうか？」

と聞くと、

「ノー」

と短く答えた。おいお嬢《じょう》さん、「サンキュー」をつけても罰《ばち》は当たらないぜ。

女はコートを椅子《いす》の背にひっかけ、どっかりとはしたなく腰を落とした。

対して男のほうは、何の音も立てずにいつのまにか座っていた。

「お茶二つ！　それとタルト！」

クレイグがメニューを持参する前に、女は声を張り上げた。かわりに店のスタッフ全員が眉をしかめたが。

開店早々だったので、眉《まゆ》をしかめる客はいなかった。

俺は人種差別主義者じゃないが、あんたとだけは結婚したくない。

顔にそう書き、その上に営業スマイルをのっけてクレイグは紅茶とクルミのタルトを運んだ。

女はカップに口をつけ、まだクレイグの背がすぐそこにある間に、声をあげたのだ。

なにか一言返すべきだろうか、それとも無視を決め込むか。クレイグは考え、後者を選択した。

「イギリスって、サイテーよね。なにがヒドいってとにかくメシ！　肉は焼いただけ、野菜は煮込んだだけ！　味付けは塩がせいぜいだし、ソースだって瓶《びん》に『ソース？』ってシールが必要だわ！　どこに行ってもフィッシュ・アンド・チップス、フィッシュ・アンド・チップス！　国まるごと、同じデリバリーから食事を配達されてるんじゃないの!?　あんたもそう思うでしょ！」

女は一気にまくしたて、男に同意を求めた。

「…………………………」

男はおどおどとした瞳で女を見て、首をかしげた。

「思うのよ！　あたしがそう思ってんだから！　つまりは偏《かたよ》ってんのよ、人も国も！　侵略ばっかりやってたから、献立《こんだて》を考えるヒマも無かったんだわ。あーもうイヤだ。あーもう香港に帰りたい。……ついこないだまで、香港がイギリス領だったなんて今でも信じられないわ。ね」

「…………………………」

男は静かに頷《うなず》いた。

どうやら、二人とも香港からやって来た客らしい。

「おばあちゃんも、なんでこんな島国にこだわるんだか。さっさとツブしちゃえば、仕事も楽なのに。そう思うでしょ？　思いなさい。たった三日だけど、百年もいるような気分だわ。あー飲茶《ヤムチャ》が恋しい。杏仁豆腐《あんにんどうふ》が食べたい」

女は荒々しくタルトにフォークを突き刺し、口に運んだ。

「……やっぱり、マズい……」

口の端に、カラメルのソースがついた。テーブルのナプキンをつかみ（そう、つまみ、ではなくつかみ、なのだ！）、ごしごしと拭《ふ》く。神よ、あなたはこの女を創造する時に、どうしてテーブルマナーを入れ忘れたのですか！

六年の勤務生活の中で、間違いなく最悪の客だ。

クレノダは悪魔が彼女の襟《えり》をつかみ（タンクトップに襟はないが）、さっさと店からつまみ出す場面を思い描いた。

「このマズい料理だけでもこんな国、滅ぼすに値するわ。まあ、ダイエットにはいいかもね。一週間もいたらガリッガリに痩《や》せるもんね。食事がノド通らなくて。あんたもなんか喋《しゃべ》んなさいよ。黙って座って待ってるなんて、退屈じゃないの」

「…………………………………」

女に要求されて、男は怯《ひる》んだように見えた。

懸命《けんめい》に、頭の中をさらうのがわかった。

しばしの沈黙の果てに、ようやく男が口を開きかけた。

「そういえば、あたしバッキンガム宮殿に行ったのよ」

男より早く、女がお喋《しゃべ》りを再開した。

「………………………………」

男は少しだけ口を開いたまま硬くなったが、すぐにそれを閉じた。

どことなく、安堵《あんど》しているようにさえ見えた。

「絵ハガキで見るじゃない、あの衛兵。ほんとにいるのかと思って。いたわよ。絵ハガキみたいなカッコして。なにあの帽子？　中になに入れてるの？　銃の弾丸でもしまいこんでるの？　それである日、自分をからかう観光客にブチ切れて撃ちまくるのよ。ダラララララララ！『動くヤツは皆殺しだ！』」

女はナプキンを折り畳《たた》み、折れ目の線でちぎり始めた。幾《いく》つもの小さな紙片ができあがっていく。ああ、あれをバッと宙に投げるんだ。そしてそれを掃除《そうじ》するのが、俺の役目なんだ。

「そんなにでっかいトコじゃないわ。二人もいれば十分よ」

時折まざる、意味不明な会話にクレイグは眉《まゆ》をしかめた。あの女、なんのことを？

その時、彼の前を一人の男が通っていった。

「いらっしゃいま」

せ、と言い終える前に、男は女たちのテーブルに向かっていた。

「連蓮《りんりー》、凱歌《がいこー》、遅れてすまない！」

「王炎《おうえん》！　あたしを待たせるとはいい度胸してるじゃないの」

男もまた東洋人。黒いジャケットを着ていた。女たちと、待ち合わせをしていたようだった。女を連蓮、男を凱歌と呼んだ王炎は、そのまま同じテーブルに座った。

「アイスティーを頼む」

「ここの店は水が一番うまいわよ」

メニューを渡そうとしたクレイグに、連蓮が皮肉を言った。

「よさないか。失礼だろ」

たしなめる王炎の口調はだが、それほど厳しく聞こえない。

「あとは、白竜《はくりゅう》が来れば全員集合ね」

「あいつは来ない。連絡があった」

「なんて？」

「『現地直行』。気が短いからな、あいつは」

連蓮が、口を尖《とが》らせる。

「なにそれ⁉　じゃあ、もう勝手に一人で向かってるっていうの？」

「そういうことだな」

クレイグが、テーブルにコップをそっと置く。

「ありがとう」

王炎が、礼儀《れいぎ》と感謝のこもった笑みで答えた。

「一口飲んだら、そんな言葉は出てこないわよ」

どこまでも不作法《ぶさほう》な女だ、とクレイグは思った。

しかしクレイグの心境など気にもかけず、連蓮は言葉を続けていく。

「白竜のヤツったら、だいたい自分勝手なのよ。協調性《きょうちょう》がないの。つまりは目立ちたがりよ。おばあちゃんにいいトコ見せようって先走ったのよ。なにそれ。あたしたち、無駄足《むだあし》じゃん。いいわ、さっさと香港に帰りましょ」

「まあ、そうふくれるなって」

王炎が、アイスティーに口をつけた。クレイグはわずかに緊張してその表情を見守ったが、彼はわずかに口の端を上げただけだった。

「おばあちゃんの言いつけは、必ず、〝紙〟を持ちかえることだ。白竜が成功するとは限らない。しばらくここに留《とど》まって様子をみよう」

連蓮は、テーブルに肘《ひじ》をついた。

「……信じらんない。まだこの国のマズい料理につきあわないといけないいなんて」

「小さい時は、もっともっとマズいモノでも食ってたじゃないか」

こくこく、と無言で凱歌が頷《うなず》いた。

「……食わなきゃ、死んでたからよ。好きで食ってたわけじゃないわ」

「そんな俺たちが、美味《うま》いメシを食えるようになったのはおばあちゃんのおかげだ。おばあちゃんの欲しいモノは、がんばって手に入れようじゃないか」

連蓮が、ふうと小さく息をつく。

「オーケー。わかったわよ。でも、白竜が失敗するなんてあるの？」

王炎が、アイスティーをテーブルに置く。その視線は、氷に向けられていた。

「……さあな。だが、大英図書館の紙使いもなかなか手強《てごわ》いってウワサだぞ」

「どうだか」

クレイグは、目を疑った。

テーブルの上で、何匹もの妖精が踊っていたのだ。

「!?」

それは、白く、小さな妖精だった。大きさはそう、ナプキンの四分の一ほどか……?

「……!?!?!?」

クレイグは何度も瞬きし、改めてテーブルを見つめた。

そこには、妖精の姿など見えなかった。ティーカップに、タルト、そしてちぎられたナプキンがあるだけだ。

「いいわ。しばらく時間をツブしましょ。凱歌、つきあいなさいよ。ロンドン中のブティックをまわってやるわ」

凱歌が、げんなりした表情になる。

「王炎。あなたは?」

「ヘイ・オン・ワイで大物を釣り損《そこ》ねたからな。ハマースミス書店に行ってみるか。でもあそこは、高価《たか》いんだよなぁ」

「バカみたい。払わなきゃいいのよ」

連蓮が、新しいナプキンを一枚、つまんで立ち上がった。

「あたしは、もう一ペニーもこの国に金を落とす気はないわ」

やれやれ、と肩をすくめながら、王炎と凱歌が続いた。

連蓮は、片手にコート、片手にナプキンをつかんで颯爽《さっそう》と歩き出し、クレイグたちのもとにやって来た。

クレイグは、慌《あわ》てて接客用の笑顔を装着し、

「ありがとうござ」

と言いかけたが、その言葉は連蓮によって遮《さえぎ》られた。

「ここの紅茶は最低よ。タルトは最低の一歩手前。地獄でレシピを勉強しなさい」

連蓮が翻《ひるがえ》したナプキンが、クレイグがこの世で見た最後のものだった。


七分後、スコットランドヤードに電話が入った。

『カフェ・ロビンソン』で従業員が四人、全員死んでいる。

厨房《ちゅうぼう》とレジは血まみれだ。さっきまでここにいた客は、切り裂きジャックに違いない。


北海の上を、一隻《せき》の船が走っている。

ハンブルクでブツを受け取った特殊工作部チームは、フリジア諸島を縫《ぬ》うように脱出し、ロンドンへの帰路についた。

「特殊工作部の作戦に参加するたび……」

ドレイクが、鈍《にぶ》い鉄色をした秋の海を見ながら、つぶやいた。

「俺はいつも思う。こいつらは、本に囲まれてるうちに、頭がどうかしたんじゃないかって。文字とどっくみあっているうちに、常識というものを忘れてしまったんじゃないかって」

「どうしてですかぁ？」

彼の横で、読子が不思議そうな顔をした。

「それはな……今俺が乗っているのが、全長一三八メートルのフリゲート艦だからだ！　たかが紙一枚を運ぶのに駆り出された！」

二人が立っているのは、フリゲート艦シーレースⅡ。全長一三八メートル、一二七ミリ単装砲一基、対艦ミサイル四連装発射筒二基、一六〇ミリロケット砲を二基備えた艦だ。

艦橋などの構造物は傾斜平面で構成され、敵艦のレーダーにダイレクトに電波を返さない配《はい》慮《りょ》がなされている。

ステルス作戦を重視して造られたこの艦の通称は〝海の幽霊〟。その名の通り、隠密《おんみつ》行動にはもってこいの艦だ。

しかし、この艦の所属は海軍ではない。英国ヴォスパー社が海軍に提案したモデルを特殊工作部が引き取り、発注。改良を加えて建造したのである。俗《ぞく》っぽい呼び名と、そそり立つピラミッド型タワー、左右に突き出た煙突というインパクトのある外観が、特殊工作部の面々にアピールしたらしい。

「カッコいいと、思いますが……」

読子は改めてタフーを見つめた。空に向かって鋭角に伸びるデザインは、昔のマンガに出てきそうだ。

「カッコなんかどうでもいい！　なんでわざわざ、こんな艦まで引っ張り出す？　輸送機で飛べばあっという間だろうに！」

『輸送機は、以前一度落とされましたので』

ドレイクの胸ポケットから、ジョーカーの声が聞こえた。

「ちっ」

ドレイクは、通信機を耳に差し込んだ。読子も、それにならう。

『確信は持てませんが、情報が漏《も》れているおそれがあるのです。前にも一度、襲撃を受けました』

「あ……」

読子は思い当たった。タイタン号の任務を終え、日本への帰途《きと》についた時だ。

まさに彼女が謎《なぞ》の機体に襲撃され、無人島に漂流というアクシデントに陥《おちい》ったのだった。

『空中分解なんてはめになると、捜索も困難ですし』

「ふん。海の藻屑《もくず》になりゃ同じだろ」

『まあまあ。海路のほうが、護衛もしやすいんですよ』

ジョーカーは、特殊工作部のスタッフルームから通信を送っている。

ずらりと並んだ端末《たんまつ》にディスプレイといった光景は、ロケットの管制室にも似ている。ディスプレイの前には、ぱらぱらと人が座っていた。グーテンベルク・ペーパーが持ち込まれたら、この席も埋まるほど忙しくなるだろう。

「こんな機会でもないと、せっかく造ったシーレースも出番がありませんし。いいじゃないですか」

ジョーカーは準備があるのでロンドンに残ったのだが、どことなくこの大がかりな作戦を楽しみ始めているようだ。

『この片道の費用だけで、俺の払ってる慰謝料と養育費が一世紀ぶんはまかなえるぞ。おまえら、節約《エコノミー》って単語を書けるか？』

「もちろんです。まあ、この方法にしたところで、物質転送機の研究、製造よりは安上がりですから。納得してください」

偵察衛星からの画像をスクリーンに映し、ズームアップを幾度《いくど》か繰り返す。甲板《かんぱん》に立っている読子、ドレイクの頭頂部までが見えた。素晴らしい精度だ。

「ヴェンジャンスは、おとなしくしてますか？」

『ああ。二、三キロ前を先行してる』

シーレースの前方には、海軍に出動を要請《ようせい》した原子力潜水艦ヴェンジャンスが潜行し、露払《つゆはら》いを務めている。

『フリゲート艦に原潜《げんせん》で、運ぶ荷物は紙一枚。史上最もコストパフォーマンスの悪い〝おつかい〟だな、こりゃ』

「その一枚に、それだけの価値があると考えるべきですよ。……で、肝心《かんじん》の紙の具合は？」

『良好です』

読子が通信に割り込んできた。

『えっと、指定通り、この艦の保管室に運びました。チョバムケースで内部温度は一六℃、湿度は七％に保ってます』

「結構」

通信に、少しだけ熱のこもった沈黙が混じった。

『……あの、ジョーカーさん。ちょっとだけでも見ちゃダメですか？』

「ダメです。分析《ぶんせき》は、工作部に着いてからです」

愛書狂《ビブリオマニア》たる読子にとって、これだけの歴史的印刷物を目前にしてお預けをくらうのは拷問《ごうもん》に等しい。しかし、今回ばかりはジョーカーもおいそれと許可を出せない。モノは一五世紀の、いわくつきの貴重品である。あの紙一枚に、ジョーカーを含めた特殊工作部の運命が乗っかっているのだ。

「こちらに着いたら、存分に見せてあげますから。それまでくれぐれも、粗相《そそう》のないように気をつけてください」

『はぁ……』

心底残念そうな声を耳に残しつつ、ジョーカーは通信を切った。

特殊工作部に到着するまでは気が抜けない。

だがそれまでに、やらねばならないことも山のようにある。

「資料を、お持ちしましたー！」

ウェンディが、両手に大量の本と書類を抱えてやって来た。

グーテンベルクに関する書物と、中世ヨーロッパで研究されていた魔術の研究報告である。

「ご苦労様。……と、紅茶を一杯お願いします」

「はいっ」

どうにか机に資料を着地させると、ウェンディは勢いよく身を翻《ひるがえ》した。

「走っちゃいけませんよ。他スタッフにぶつからないように」

幼児に向けるような注意をウェンディに飛ばし、やれやれと資料の山に視線を落とす。

ジョーカーには、魔術に対する興味などない。仕事とはいえ、関心のない分野の資料を頭に入れることがどれだけ困難か。

読子なら、目を輝かせてページをめくるのだろうが。

さらに、ジョーカーにはまだ取り組まねばならない準備がある。責任者とは、可能な限り酷《こく》使《し》されるものだ。

　彼は、大英博物館へのホットラインを繫《つな》いだ。

「大英図書館特殊工作部のジョーカーです。ジェントルメンから連絡がいっていると思いますが」

『承《うけたまわ》っております』

　事務的な女の声が、返ってきた。

「結構。では、ファウストの現在の様子をお教えいただきたい」

『睡眠中です。寝付いたのが四日前ですので、そろそろ起きる頃だとは思いますが』

「なるほど。では、彼が目覚めたらご一報ください」

　彼がファウスト、と呼ばれ始めたのはいつからなのだろう。

　それを知る者は、この英国にはいない。おそらくは、ジェントルメンを除《のぞ》いて。

　ジョーカーが大英図書館に勤めるようになった時、既に彼はいた。それから現在まで、い続けている。あのおぞましい姿のままで。

　ジョーカーは、考えを中断した。

　ファウストに関することは、とりあえず後回しだ。

　今の彼は、それこそ寝る間もないほど多忙なのだから。

北海の波は重く、硬い。

シーレースの艦首は旧式の衝角艦《しょうかくかん》のように、下方に尖《とが》って海面に潜り込むように造られている。おかげで波は容赦《ようしゃ》なく甲板《かんぱん》まで上ってくる。

「あーうー……」

なさけない声をあげたのは、読子である。

読んでいた本が、波をくらってびしょ濡れになったのだ。ヘイ・オン・ワイで買ったうちの一冊だった。

「おとなしく艦内に入ってろ。カゼひくぞ」

「はぁ、すみません……」

ドレイクにそう言われつつも、読子はその場に突っ立ったままである。

「なんだ？」

「あんまりグーテンベルク・ペーパーに近づくと、自分でもガマンができなくなっちゃいそうで……」

だから甲板に残っているというわけか。

ドレイクは納得し、同時に呆《あき》れた。

「常々思うが、おまえのその本好きはもう病気だな」

「そうでしょうか？　ドレイクさんだって、本読むでしょう？」

「俺は普通に読むだけだ。雑誌にベストセラーに実用書。そのぐらいで十分だ。五〇〇年も前の紙一枚に欲情なんかしない」

露骨な言い回しに、読子が顔を赤くした。

「わっ、私っ、欲情なんてしてませんっ」

「陶酔《とうすい》っぷりを見てると、そうは思えんがな」

ドレイクは、海の果てに目を向けた。

寒々しい風景だが、それでもそれなりの味わいはある。彼は、部屋に閉じこもって本を読むよりも、こういう景色を眺めるほうがずっと好きだ。心が安らぐ。

別れた妻は、そんな彼を「退屈」と切って捨てた。

結婚する時は「落ち着いてて、素敵」と言ったものだったが。

〝家にいない仕事〟とはいえ、マギーを彼女に預けたのは辛《つら》かった。

今度こそ、引退しよう。

キョートで茶店《さてん》でも開き、軌道に乗ったらマギーを呼びよせよう。

彼女だって言っていた。

「パパのほうが好き。だって、ママには〝お喋《しゃべ》りＯＦＦ〟のスイッチが無いんだもん」

そうなのだ。子供にとって、重要なのは環境だ。

「…………………………」

だがしかし、自分はその環境を作れるのだろうか？

「ドレイクさん、なに考えてるんですか？」

感傷的になりつつある心境を、読子ののほほんとした声がかき回した。

「なんでもない。……が、ちょっと聞きたいことがある」

「なんですか？」

「おまえ、小さい時はどんなふうに過ごしてた？」

ドレイクの唐突な質問に、読子はきょとんとした顔になった。

「何歳ぐらいですか？」

「一〇歳ぐらいだ」

読子は顎《あご》に指を当てて考える。

「……家で本、読んでました」

「他には？」

「……家以外の場所で、本を……」

「そんなことは、聞かなくてもわかる。本を読んでた時以外は、どうしてたかって聞いてるんだ。親ごさんと出かけたり、友だちと遊んだり、あるだろ？」

「父は英国で、母は日本でしたから……。私はその間を行ったり来たりで、あんまり三人揃《そろ》ったことは……。それに、どっちにいても私はずーっと家で本ばっかり読んでましたから。出かけた記憶も、ほとんどないです」

きっぱりと言い切る読子に、ドレイクが困惑の色を浮かべる。

「学校も、転校と休学ばっかりで。友だちもできませんでしたねぇ。ものすごーくタマに家に呼ばれたりもしたんですが、行くなり本棚《ほんだな》の前に座りこんじゃうんで、あんまり二回目とかはなかったです」

あまりに徹底した少女時代である。

「おまえ……それで、よかったのか？　寂しくなかったのか？　親ごさんは、ほったらかしだったのか？」

「父は、MI6の仕事が忙しかったし、母は伏せがちだったので……。でも、寂しくはなかったですよ。両方とも、本はいっぱいありましたから」

「そういうもんじゃないだろ。親子の繋《つな》がりってものはちゃんと話して、つきあって……」

「どうしてですか？　だってウチにあった本は、父や母が集めた本なんですよ」

読子は、視線を海へと向けた。

「私にとっては、父や母と話すのと同じでした。二人がなにを好み、なにを考え、なにをその本から得たのか追いかけることが、私好きだったんです」

「………………」

それなりに長いつきあいになるが、こんな話は初めて聞く。ドレイクは、知らざる読子の一面を見ているような気がした。

「生まれた時から本がありましたから。そうですね、本がお兄さんやお姉さんだったんです。それが、リードマンの家の、家族の繋《つな》がりだったんじゃないかなぁ」

「…………………」

ドレイクも、海に視線を戻す。

「理解しにくいな……」

「すみません」

「……が、それはそれでいいような気もする……」

「はぁ……あの、ドレイクさん。なにか悩みでも?」

いつもと違うドレイクの態度が、読子も気になったようだ。

「マギーちゃんの、ことですか?」

「気安く呼ぶな。会ったこともないくせに」

「会わせてくれないじゃないですか。連れてきたら、おもしろい本でもプレゼントするって言ってるのに」

「……教育上、仕事とおまえからは遠ざけることにしている」

「なんですかそれは、もうっ……」

読子が頬《ほお》をふくらませた時だった。

「ん？」

ドレイクは、水平線の上で光の線が動くのを見た。

「なんだ？」

双眼鏡《そうがんきょう》を目に当てる。

「なんですか？」

「今、なんか………」

が、レンズ越しの視界には、なだらかな波の線が伸びているだけだ。

「……乱反射《らんはんしゃ》かな？」

読子も目を細め、進路の先、海上を見つめた。

なにも見えなかった。

「…………………ん？」

だが、背中をぞくりと走る悪寒《おかん》があった。

「クジラか？」

シーレースの前方二キロを潜行するヴェンジャンスの中では、小さな緊張が生まれつつあった。

ソナーが、奇妙な反応を拾ったのだ。

「いえ……クジラにしては、遙《はる》かに巨大です……」

「他国の原潜《げんせん》か？」

艦長の言葉に、わずかな硬さが混じる。

「機関音、原子炉《げんしろ》の音、スクリュー音、どれもしません」

「それで速度は？」

「……五〇ノットです」

「バカな！」

ヴェンジャンスの速度の倍である。それだけのスピードを出す原潜などない。原潜でなければ、なおさらない！

「シーレースに通信しろ」

「なんと伝えれば……？」

「未確認潜行物体あり、停船せよ、だ」

額に汗が滲《にじ》んできた。〝本好き連中のおもり〟、とたかをくくっていた任務に、なにか不吉なものが侵入してきた。

「それと、魚雷の発射準備を……」

「艦長！　未確認物体が！　当艦に！」

悲鳴のような報告と共に、ヴェンジャンスが大きく揺れた。

「……なんだ、ありゃあ……?」

ドレイクは、驚きのあまり双眼鏡《そうがんきょう》を下ろした。

「…………………」

読子も、唖然《あぜん》とそれを見つめていた。

海を割り、白く、長いものが現れた。

それはロープのように見えた。

うねり、たわみ、長い長い身体《からだ》を海中からよじり出していく。

シーレースがゆっくりと止まった。

艦橋、そして甲板《かんぱん》にわらわらと特殊工作部の乗務員が現れ、一斉にその姿を見た。

高く、長く宙に伸びるたびに、その身体からはふわふわと小さな切れ端が落ちた。

「……紙……?」

読子が小さくつぶやいた。

そう、それは紙でできていた。

「サーペント……?」

伝説の海竜と呼ばれる名を、ドレイクが口にした。子供の頃テレビで見た、B級映画の怪物に、その姿は酷似《こくじ》していた。

それは、紙でできた竜だった。

長いかま首をもたげ、ふるふると周囲を見渡して、その頭部をシーレースに向けた。

ぐわぱ。

頭らしき箇所《かしょ》が二つに割れる。口に見える場所が開いた。

読子は、急いでドレイクの双眼鏡をひったくった。

「!? おいっ！」

大きく開かれた口の中には、男が立っていた。

東洋系の肌の色。短く刈《か》り込んだヘアスタイルに、黒の着物。仙人のような出《い》で立《た》ちだが、顔は意外と若い。

視線があったわけでもあるまいが、男はニヤリと笑った。

「敵です！」

根拠《こんきょ》のない読子の反応だったが、異《い》を唱える者などいなかった。

「戦闘準備！　ヴェンジャンスはなにやって……!?」

ドレイクの言葉は途中で止まった。

彼の疑問は、即座に解消されたのだ。海面から、全長一五〇メートルに及ぶヴェンジャンスの巨体が上ってきた。

いや、引きずり上げられた、というべきか。

紙の竜に蔓《つる》のようにヴェンジャンスに巻き付き、その艦体をあり得ない位置、すなわち海上の空間まで引っ張り出している。

「…………………」

脅威《きょうい》よりも驚異が先にやってきた。

あまりに冗談じみた光景に、誰もが声を失った。

男はゆっくりと、竜の頭に上った。

べき、ごき、という音が響き渡った。

竜が、ヴェンジャンスを締めあげているのだ。

深海の水圧にも耐える外壁が、たわみ始める。

「攻撃……！　するな、撤退だ！」

ドレイクの指示に、シーレースが艦首を旋回する。

ヴェンジャンスのハッチが開き、乗組員がわらわらとこぼれ出た。

皆、人形さながらに北海へと落ちていく。

「助け……」

思わず声をあげる読子の腕を、ドレイクがつかむ。

「任務が先だ！　連中の狙いはわかってるだろ、この艦だ！」

「でもっ……！」

「ヤツに捕まったら、なにもかもが無駄《むだ》になるんだぞ！」

ドレイクは読子をひきずるようにして艦内へと連れていく。


「……ふん、逃げられると思うか」

竜の上で男――――白竜は笑った。

「……おっと、いけねぇ」

下方から聞こえるバキバキという音は、ヴェンジャンスの限界を予告するカウントだ。

「なにしろ原子炉《げんしろ》つきだからな、やりすぎちゃ、俺までパァだ」

たちまち竜がその締め付けを緩《ゆる》める。

ヴェンジャンスは正しく重力に引かれ、泳ぎ、逃げまどう英国海軍たちの上に落下した。

悲鳴は落下音と大量の飛沫《ひまつ》でかき消される。

天をも裂こうという轟音《ごうおん》と白い波の中から、竜が身をよじらせながら飛び出した。その全長は三〇〇メートルにもなるだろうか。

白竜は頭の上で仁王立《におうだ》ちになり、シーレースを見つめる。

「王炎たちには悪いが、手柄《てがら》は俺が独《ひと》り占《じ》めだな。たかがイギリスの紙使いにゃ、こんな芸当はできないだろう」

不敵な笑みと自信に、紙の竜も吠える。

「東洋人⁉　紙の竜？　間違いありませんか⁉」

もたらされた報告に、ジョーカーは立ちあがった。

『そうだ！　なんだ、あいつは⁉』

「……おそらくは、中国の紙使い。我々の敵です」

ついに来た。やはり来た。しかし、序盤戦からまた、ずいぶんな怪物が現れたものだ。

襲撃を予想していたジョーカーも、ヴェンジャンスを〝ひねりあげる〟紙の竜には言葉も無かった。

ただちに衛星からの映像を映し出す。

進路を変えつつあるシーレースに、なるほど白く長い物体が迫っている。

『衛星から狙撃《そげき》できないか⁉』

「発射まで七分はかかります。その間、持ちこたえられますか？」

『無理だ、ちくしょう！』

ドレイクの声も荒々しい。

「攻撃を許可します。あるだけの武装で撃退してください。なによりも優先されるのはグーテンベルク・ペーパーです。お忘れなく」

『くそったれ！』

乱暴に、通信が切られる。

「…………………」

中国、読仙社《どくせんしゃ》。

また思い切った手に出たものだ。アメリカやロシアの偵察衛星も、すぐに気づくに違いない。北海上で始まった、一大決戦に。

「…………………！」

ジョーカーは、拳で机を叩いた。

「ひ！」

いつのまに来ていたのか、お茶のおかわりを持ったウェンディが身をすくめた。


「覚悟はいいか、英国の簒奪者《さんだつしゃ》ども！　今こそ正義の鉄槌《てっつい》を！」

距離はおよそ五〇〇。気分よく口上《こうじょう》を並べる白竜が、眉《まゆ》をひそめる。

「……あぁん？」

紙の竜に飛んできたのは、対空ミサイルだ。計一六発、残らず彼を目指して飛んでくる。

「ぶぁかめらがぁ」

主の意志を悟ったかのように、ぞろり、と竜が身をしならせる。着弾するはずのミサイルは遙《はる》か後方へと消え、同士うちの爆発を起こす。

「そんな前世紀の武器が、通じるかよ！　読仙社の四天王《してんのう》は無敵の中の無敵！」

その身のこなしはまさに生き物。竜はその長身をよじり、ねじり、時に分かち、またつなぎ、ミサイルの雨をすり抜ける。

「前部単装砲、撃て！」

ドレイクの指示で、艦体前部の一二七ミリ砲がうなりをあげる。

「ヌルい！　甘い！　出直してこいぃ！」

白竜が、懐《ふところ》から取り出した紙を進路上の宙に投げる。

それは扇状《おうぎ》に広がり、射撃をことごとくガードした。

一瞬をおいてハラリ、と散った紙をかいくぐり、竜がシーレースに迫る。

「いただくぜ！」

その身体《からだ》を、ヴェンジャンスの時と同様に巻き付けようとする。

だがその時、奇怪な感触が伝わってきた。

「ぬぁっ!?」

シーレースは、あっけなく潰《つぶ》れた。同時に離れた後方から、ばさり、と音が聞こえる。

「紙!?」

そう、捕らえたシーレースは紙で作られたフェイクだった。そして後方に落ちたのは、海上の風景をペインティングした、大きな大きな紙のマットだ。白竜が紙の扇で自らの視界を塞《ふさ》いだ一瞬、トラップがしかけられたのだ。

「おのれっ！」

海に消えゆくマットの上に、本物のシーレースが浮かんでいた。

その甲板《かんぱん》には、女が立っている。コートを羽織《はお》った、メガネの女が。

「ザ・ペーパー!?」

その正体を直感し、白竜が叫んだ。

「撃て！」

ドレイクの声が、シーレースにこだました。

同時に、一二七ミリ砲が再度のうなりをあげる。

超至近距離で、紙の竜は浴びるほど弾丸をくらった。

「おのれ……おのれぇえっ！」

しかも、フェイクは網目《あみめ》状に裂け、竜の身体にからまりついてくる。

白竜も、自分の身体をガードするのが精一杯だ。

「いい気になるな！」

白竜は、竜の身体をまるごと海中に沈めた。

仙術《せんじゅつ》を施《ほどこ》しているとはいえ紙の竜である、さらに傷ついている。長時間の潜行は危険だ。白竜は竜の身体を半分にして硬度を強化し、反対側に回りこんだ。

「沈め！」

一気に浮上し、襲いかかる。

だがその時、目前の甲板《かんぱん》が不意に開いた。

そこから姿を現したのは、四連装の対艦ミサイル発射筒だ。シーレースに採用されたのは、使用時のみに持ち上げられる昇降式の発射機なのだ。それがくしくも切《き》り札《ふだ》となったのである。

「しまっ……！」

白竜の背を、悪寒《おかん》が走った。同時に、その視界の隅《すみ》で対潜用のヘリが一機、シーレースを離脱するのが見えた。

轟音《ごうおん》を撒《ま》き散らし、ミサイルが爆発した。

もうもうとした黒煙の中に、白い紙の片鱗《へんりん》が雪のように舞った。


グーテンベルク・ペーパーの入ったケースを膝《ひざ》に置き、読子はヘリの窓から海面を見下ろしていた。

「ジョーカー、ジョーカー、こちらドレイクだ。ただちに救援隊をよこしてくれ。乗務員はボートで避難させたが、早い救助が必要だ」

その隣では、ドレイクが特殊工作部へ通信している。

『グーテンベルク・ペーパーは？』

「……無事だよ。だがな、早いとこ連中を助けないと、俺が引き裂いて海にバラまきかねないぞ」

『了解しました』

口ではそう言ったものの、それができるはずがないことはドレイク自身わかっている。この、たかが一枚の紙のために、チームは命を張ったのだから。

「それにしても……とんでもない、相手だったな……」

ドレイクは、大きく息をついた。

シーレースは巻き添えをくって半壊《はんかい》している。沈むのは時間の問題だろう。

あの男……。読子以外、大英図書館以外であれほどの能力を持つ者は見たことがない。ドレイクは、今回の作戦がまさに尋常《じんじょう》ならざる領域で展開し、それに自分が腰まで飲まれていることを実感した。

「……過去形にするには、まだ早いかもしれません……」

海を見つめたまま、読子が言う。

「なに？　ミサイルをあんな至近距離でくらったんだぞ！　生きてるわけが……」

反論するドレイクを、読子は見ようともしなかった。

一秒あれば。

紙一枚あれば。

なにをするかわからないのが、紙使いなのだ。それは同じ能力を持つ者どうし、本能的にわかるのである。

そして、煙にまぎれてはっきりとは見えないが、海面に広がる紙もなにか少ないような気がする。

「…………………」

今回は小手先でごまかせたが、次はどうなるかわからない。

読子は頼るように、メガネのフレームに手を添えた。


ぷっかりと、離れた海面からクラゲが浮かんできた。

白く、大きなクラゲだ。いやそれは、クラゲに模した紙の塊《かたまり》である。

表面の紙片をわさわさとかきわけて、中から白竜が姿を現す。

「……イギリスのお嬢《じょう》ちゃんかと思ったら……」

その顔の半分は、黒く染まっていた。

爆発を完全に避けきれなかったのか、爛《ただ》れている箇所《かしょ》も見える。

「なかなかやるじゃねぇか、ザ・ペーパー」

白竜は、その黒い部分に紙を貼り付ける。

「……ロンドンでまた会おうぜ」
これは仮面だ。自らの思い上がりを戒《いまし》め、復讐《ふくしゅう》を誓《ちか》う白い仮面だ。
白竜はクラゲの上に倒れた。自分もクラゲも、まあ英国までは保《も》つだろう。
とにかく、王炎たちに合流しなければ。
北海の上を、クラゲはぷかぷかと漂っていった。
爆発するシーレースを後に、ロンドンへ。
ロンドンへ――――。

第二章 『白い暴動』

その日、ロンドンは平和な朝を迎えた。

いつもどおりの、ありふれた朝である。

だが、朝が平和であるからといって一日もそうだとは限らない。

ロンドンはその日、第二次世界大戦のドイツ軍空襲以来の災厄《さいやく》を受けることになった。


午前八時。

グレート・ラッセル通りに面した大英《だいえい》博物館の入口。

開館まであと二時間はあるというのに、もう鉄柵《てっさく》が開けられている。

今そこに、一台の輸送車と、それを取り囲む四台の官用車が入ってきた。

黒塗りのボディーの隅《すみ》に、小さく『BRITISH　LIBRARY』の文字が見える。

大英図書館の専用車だ。

五台の車はイオニア式の列柱も荘厳《そうごん》な入館口の前を折れ、裏手の地下搬入口《はんにゅうぐち》へと回った。

コンクリートで固められた広いスペースを、車は隊列を乱さず進む。

ほどなく、全車は館内に通じる扉の前に停車した。

停まると同時に、官用車からわらわらと男たちが降りた。

全員、大英図書館特殊工作部の制服に身を包み、周囲に視線を走らせる。

一人が頭部に装着したイアフォンマイクに言った。

「大英博物館に到着。異常はありません」

『お疲れさまです。では、搬入を開始してください。くれぐれも、用心して』

男の耳に返ってきたのは、ジョーカーの声だ。

輸送車の後部から、うっそりとドレイクの巨体が降りてくる。

左右と上下を慎重に見つめる。

「…………………」

確かに怪しい様子はない。

「よし、降りるぞ」

ドレイクは、車内に声をかけた。

「ふぁい……」

読子《よみこ》が、欠伸《あくび》をしながら出てきた。

その手には、いつもより一回り大きいスーツケースを持っている。その中身はもちろん、グーテンベルク・ペーパーである。

「緊張感のないやつだな、びしっとしろ！」

「すみません、普段はまだ寝てる時間なもので……」

「いいかげんなこと言うな、日本なら真っ昼間の時間だろ！」

「……そういえば、そうですね」

男たちの空気がわずかにほぐれた。

「……だけど、もう大英博物館の中ですよ。まさかこんなところまで……」

「〝まさかこんなところまで〟忍びこんでくるのが、おまえたちエージェントだろうが」

「はぁ……でも……」

読子はくんくんと鼻を鳴らし、搬入口《はんにゅうぐち》の中の空気を嗅《か》ぐ。

特別な〝紙〟の匂《にお》いは感じられない。

北海《ほっかい》で背中を走ったような悪寒《おかん》もない。

あれだけの紙使いなら、傍《そば》にくればわかるはずだ。〝紙〟の能力から来る波動を読子も感じるはずである。

今この場所には、それが無い。

だから読子は、いち早く周囲より安心してしまうのである。

「とにかく、行くぞ。それをジョーカーのところまで運ぶのが、俺たちの任務だ」

「はい」

ドレイクと読子は、扉に向かった。

すぐに、特殊工作部の男たちが周囲を取り囲む。

「おはようございます。お仕事、ご苦労さまですね」

読子は、傍《かたわ》らに立った男に笑って挨拶《あいさつ》した。

「は？　……え、いえ」

男というより、青年だ。読子より年下の若者だった。

突然に向けられた言葉に、赤くなって黙りこむ。

ジギーのような古株《ふるかぶ》やベテランはともかく、若い世代の特殊工作部スタッフの中には、〝ザ・ペーパー〟に大きな尊敬や憧《あこが》れを持っている者がいる。サインを欲しがるミーハーもいるほどだ。

紙を自在に扱う本のプロフェッショナル。

危険な任務に飛び込み、叡智《えいち》を奪還《だっかん》する優秀なエージェント。

その能力は時に核にも匹敵《ひってき》する、本に命を賭《と》したエキスパート。

噂話《うわさばなし》によってそんなイメージが増幅され、一人歩きしているのだ。

読子という人間は、つきあえばつきあうほどそういったイメージから離れていくのだが、普段直接会う機会もない彼らには、それがわからない。

「…………ちっ」

当の読子よりも、ドレイクのほうが若者の感情を敏感に察する。

扉の脇にあるスリットにIDカードを滑らせ、センサーに指紋《しもん》と眼紋《がんもん》をチェックさせる。

重い音を放ち、扉が開いた。

黒く長い廊下《ろうか》が、その奥へと伸びていた。


「ご苦労さまでした、ザ・ペーパー」

特殊工作部に帰った読子たちを、ジョーカーとジギーが迎える。

「ジョーカーさん、あの、艦の人たちは……」

読子が真っ先に訊《たず》ねたのは、シーレースの乗組員たちのことである。

「……八割がたは、救助しました」

ジョーカーが、感情を抑えた口調で答える。

それは当然ながら、二割の犠牲《ぎせい》を伴《ともな》った、ということを意味している。

爆発に巻き込まれたか、北海に沈んだか。

「……………」

読子の顔が、暗く沈む。

「遊びではない、遊びではないのです。我々も、敵も。たおれた同志のためにも、我々は任務を遂行《すいこう》せねばなりません」

　ジョーカーの言葉に、今度はドレイクが口を挟《はさ》む。

「その敵のことだがな、あいつらはいったいなんだ？　俺はあんなバケモノが襲ってくるなんて、聞いてないぜ」

「襲撃の可能性は、お伝えしましたが？」

「〝あんなバケモノ〟とは言わなかったろうが。原潜《げんせん》持ち上げて、ミサイルをかわすような相手とはな」

「ふむ……」

　ジョーカーが、しばし黙りこむ。

「……それは、私も聞きたいです」

　読子にしても、同様だった。

　彼女がこれまで知っている紙使いは、大英図書館の先輩エージェントである。それ以外で、しかもあれほど強力な紙使いなど見たことがない。

「……いいでしょう。遅かれ早かれ説明をしなければ、と思っていたところです」

　ジョーカーが領《うなず》いた。

「が、それはとにかくグーテンベルク・ペーパーを確認してからのこと。分析《ぶんせき》は一秒でも早く始めたほうがよろしいかと。こうして、ジギーさんにも早起きしていただいたわけですから」

「徹夜明けじゃ」

ジギーが、憮然《ぶぜん》とした顔で訂正する。だがその表情は、すぐに不敵な笑みへと変わった。

「じゃが、頭はボケてはおらんぞ。いわくつきの一枚、この目で見るとなれば高ぶらずにはおれんからな」

ぎらぎらとした目がケースに向けられる。

「では、グーテンベルク・ペーパーをジギーさんに引き渡してから、改めて説明をさせていただきます。ザ・ペーパー?」

「……はい」

読子は頷《うなず》いた。


一同は場所を更に地下、開発部の研究室へと移した。

厚さ三〇センチはあろうかという扉が閉じられ、室内が密閉される。

新しい紙の開発においては、温度、湿度、あらゆる条件下で外からの干渉《かんしょう》を受けない環境というのが、彼の望むところなのだ。

「開くぞ」

ジギーは宣言し、ナンバー、カード、スティックキーと三種のロックを外し、ケースを慎重に開いた。

読子、ジョーカー、ドレイク、そして同行してきた二人のスタッフの視線が集まる。

「……おお……」

思わず声を漏《も》らしたのは、ジギーだった。

ケースの中には、温湿度調整機、衝撃緩衝材《かんしょうざい》に囲まれたプレートが鎮座《ちんざ》している。

ハイパーアクリルで完全密封されたプレートには、一枚の古ぼけた紙が挟《はさ》まれていた。

グーテンベルク・ペーパーである。

「これが……」

読子にしても、直《じか》に見るのはこれが初めてだ。紙の劣化を防ぐため、先にドイツ入りしていたスタッフが密封を済ませていたのである。

本には興味の薄いドレイクでさえもが、目を見開いた。

四辺が欠け、破れ、汚れてボロボロになった紙。大きさは縦四〇センチ、横三〇センチといったところか。

その表面には、黒いインクで文字が書かれている。

「……これ、何語ですか?」

アルファベットが使われてはいるが、そのスペルはまったくの不規則なものだ。

一読しても、いや何度読み返しても単語すら見つからない。

「わかりません。が、それを解読するのが我々の任務です」

読子もそれなりの語学は身につけている。もっぱら読書欲を満たすために学んだものだが。知識にない文章でも、読み進めていくうちに規則性を見つけ、それを足がかりに解読することができる。

が、この両面あわせて二ページの紙では、文字量が少なすぎる。

これを解読できる人間など、いるのだろうか？

「どこで見つかったのかな、こいつは？」

「発掘されたのはベルリン、旧地下壕《ごう》跡です」

ジョーカーの答えに、ジギーが眉《まゆ》をひそめる。

「おい、まさか……」

「そのとおり。まるで大衆娯楽《ごらく》小説のようですが、ヒトラーの遺品の可能性が」

アドルフ・ヒトラーはオカルティズムに強く惹《ひ》かれていた。占星術などを戦略の参考とし、敵味方の兵とヨーロッパ全土を混乱に陥《おとしい》れたことは、今でも映画や小説の題材となっている。

「ヒトラーの行動にこの紙が関係していたのか？　それはわかりません。我々はあくまでこの紙を分析《ぶんせき》し、文章を解読する。クールに。目の前の事実だけを冷静に受け止めながら」

「冷静には、なれそうもないがな」

ジギーが吐き捨てるように言った。

「紙の分析はやろう。だが、文章は専門外じゃぞ」

「承知しております。そちらにも担当者を用意いたしますので」

ジョーカーが、不機嫌そうなジギーをなだめる。

「俺としては、この紙がなんだろうと、さっさと燃やしちまったほうがいいように思えるがね」

ドレイクも、決して好意的とはいえない感想を述べる。

「この紙一枚で、もう何十人も犠牲者《ぎせいしゃ》が出た。だが、まだまだそいつは増えそうな気がする。この紙は、地雷を一〇〇個山盛りにしたよりも物騒《ぶっそう》だ」

スタッフ二人は沈黙を守っていたが、その表情からドレイクに同意しているとわかる。

「なるほど。……で、ザ・ペーパー。あなたは？」

読子は実に複雑な表情を見せていた。

どうしようもなく惹きつけられるような、それでいて激しく拒絶したいような。

事実、彼女の中ではその両者が綱引《つなひ》きをしている。

書籍の父たる偉人、グーテンベルク。

その彼が編み出した魔道の書。

禍々《まがまが》しくも魅惑的な空気を、その紙は発していた。ハイパーアクリルに密封されてさえ。

「…………………………」

迷い、沈黙を続ける読子にジョーカーが意外そうな顔を作る。

今までのつきあいで、読子のこんな素振《そぶ》りは見たことがない。

どんないわくつきの本でも開き、読み、没頭《ぼっとう》するのが読子だった。

「まあ、いいでしょう。それではジギーさん、早速分析《さっそくぶんせき》を始めていただけますか？」

「わかっとる。出ていけぃ」

紙片の科学分析には、密閉服の着用が必要になる。

加えて専門家以外の者がいては、破損の恐れもあるのだ。

相手は五〇〇年以上前に刷《す》られたシロモノだ。しかも、代品は一切ない。

「よろしくお願いします」

ジョーカーはスタッフ二人に室外にて警備するよう指示し、読子、ドレイクと共にエレベーターに乗った。

「さて……と、次は敵についての説明ですね」

「ああそうだ。ごまかすなよ。話によっては、俺は今からでも降りるぞ」

読子が思わずドレイクの顔を見る。

「違約金《いやくきん》を払ってでもな。コレクターやテロリスト相手とはわけが違う。悪いが、俺は傭兵《ようへい》だ。本より命のほうが遥《はる》かに重要だからな」

「……ギャランティーを吊《つ》り上げても、ですか？」

「命より高いギャラなんてない」

ジョーカーとドレイクが、平和的とはいえない視線で見つめあう。

読子はその間でおろおろと二人の顔を見比べるばかりだ。

「わかりました。私の部屋で、お話ししましょう」

「とはいったものの、我々にも実は詳しいデータはつかめてないのです」

ジョーカーの私室は、資料で乱雑をきわめている。

その中で、どうにか椅子《いす》二脚を置くスペースを確保し、読子とドレイクは腰掛けた。

ジョーカーは、自分の机につき、引き出しから小さなビニール袋を取り出した。

「あ……」

読子が中身に気づいた。

その中には、弾丸が入っていた。

先端が潰《つぶ》れているが、刻まれた『殺』の文字が読める。読子がダグラスの機体で撃墜《げきつい》された時、撃ち込まれたものだ。

「見覚えがありますね、ザ・ペーパー。これは、あなたが以前〝彼ら〟に遭遇《そうぐう》した時のものです」

「〝彼ら〟？」

眉《まゆ》を動かしたのは、ドレイクのほうだった。

「そう。中国の秘密結社、〃読仙社《どくせんしゃ》〃。我々と同じく、エージェントを駆使《くし》してあらゆる場所から本を集める組織です」

弾丸を取り出し、机の上に置く。小さな音が、やけに響いた。

「そんなヤツらのことを、今までどうして黙ってた？」

ドレイクは、腕を組んでジョーカーを見つめる。一点でも腑《ふ》に落ちないことがあれば許さない、とでも言いたげに。

「よきにしろ悪きにしろ、あまり接触が無かったもので。彼らが本格的な活動を始めたのは一九九七年七月、香港返還からなのです」

言うまでもなく香港は、それまで英国領、現在は中国領となっている。

ジョーカーは言葉を続けた。

「ことは大英図書館のみならず、大英博物館の理念にからんできます。一七五三年の設立以来、国の内外から集めた大英博物館の展示品は実に一〇〇〇万点。言葉を選んでもしかたがありません、それらの中には植民地から奪ってきたものもあります。戦火にまぎれて回収したものもあります」

瞳の温度が落ちる。

「エジプトを始め、その展示品の返還を求めている国もあります。中国もむろんその一つ。彼らが言うには、大英博物館は侵略と略奪の盗品蔵、とのこと」

ジョーカーの指先が、弾丸を押さえる。

「しかし、捨て置かれた歴史の財産を、我々が努力と予算をかけて補修、保管してきたのもまた事実。さらに、広く世界中の人々にそれを解放、無料展示してきたという事実も彼らは無視しようとしている」

指に、力が込められたように見えた。

「叡智《えいち》は、それを求める人々に解放されなければならない。ならば、それは散乱するより一カ所に集まったほうがいいに決まっている。〝すべての叡智を英国へ〟。我々は、叡智の守護者としてそのスローガンを胸に、五〇〇〇年も努力を続けてきた。返しません。如何《いか》なる罵倒《ばとう》を浴びようと、返すわけにはいきません。あれらは既に英国の、そして人類の遺産《いさん》なのです」

言葉にも、熱がこもっていた。読子はその迫力に圧《お》され、口をつぐむ。

「わが大英図書館も同じです。が、その主張は他国との軋轢《あつれき》を表に裏に生み出しました。世界が表向きの平和を唱えるようになって、我々特殊工作部のような部署が発足してから、その軋轢はさらに激しくなりました。彼らは彼らで、我々に対抗する機関を作り出したのです」

部屋の中は、ジョーカーの独壇場《どくだんじょう》だった。

「しかし大半の機関は潰《つい》えました。もちろん、我々の妨害工作もありますが、多くは自滅です。……たった一つだけの例外を除《のぞ》いて……」

「その一つが、中国か？」

「いかにも。〝読仙社〟は、もともと中国の王朝に仕える文官組織でした。文化においては世界のどこよりも歴史を持つ国です。代々王朝に継がれてきた書物の管理が彼らの仕事でした。が、アヘン戦争と王朝の崩壊《ほうかい》という二つの歴史的事実を経て、その性質は大きく様変《さまが》わりします」

アヘン戦争は、一八三九年に英国が中国にしかけた戦争である。当時の英国の勢いは、遠く大陸の反対側まで及んだのだ。

「彼らは王朝に伝わる書物から〝仙術《せんじゅつ》〟を学び、達人を育てました。多くの犠牲《ぎせい》をうんだものの、彼らはあきらめませんでした。煮詰《につ》められ、抽出《ちゅうしゅつ》された術を会得《えとく》したのがおそらくは彼ら、北海に現れた紙使いのような人材です」

読子は息を吐き出した。

「あの人たちは……じゃあ……」

「おそらくはグーテンベルク・ペーパーを奪い、英国に復讐《ふくしゅう》するつもりでしょう」

「…………………」

ドレイクは腕を組んだままだ。

「彼らの背後に誰がいるのか、別のエージェントが現在探《さぐ》っています。しかし、それが判明するには今しばらく時間が必要かと」

「その人に、交渉《こうしょう》したら、戦いは避けられるんですか？」

読子が願うように問う。

「それは、わかりません。我々も無益《むえき》な戦いは好みませんが、相手がそういう手段を変えないのなら、それなりに対応するしかありません」

沈黙が落ちた。

それぞれが、それぞれにこの作戦と、自分の位置を考えている沈黙だった。

「……とにかく、今はまだ不明瞭《ふめいりょう》な点と不確定な要素が多すぎるのです。グーテンベルク・ペーパーでなにができるのか、〝読仙社〟と交渉の余地はあるのか、それがわかってからでも決断は遅くないと思いますが？」

ジョーカーが、とりあえずの結論を出す。

彼にしたところで、作戦の責任者にすぎない。事態がどうなろうと、最終的な決断はジェントルメンに委《ゆだ》ねられるのだ。

彼がグーテンベルク・ペーパーのなにを知り、なにを求めているかはジョーカーも知らない。わかっているのはただ一つ、かつて見たことのないほどの執着《しゅうちゃく》だけ。

「そんな時間はないな。……俺は降りる」

ドレイクが、椅子《いす》から立ち上がった。

「ドレイクさん!?」

読子が、驚きと不安のまじった顔で彼を見上げる。

「違約金《いやくきん》は払い込む。悪いが、ここまでだ」

「……残念です」

ジョーカーは引き留めもしない。ドレイクの言葉に、重い決意が伺《うかが》えたからだ。

「じゃあな」

ドレイクは、あっさりと立ち上がって部屋を出ていった。

「待ってくださっ」

「ザ・ペーパー！」

後を追おうと立ち上がる読子が、ジョーカーの一喝《いっかつ》で止まった。

「!?」

「三時間休憩《きゅうけい》した後、また来てください。次の任務を説明します」

ジョーカーが、にこやかに笑った。

「…………………！」

読子はドアを開け、廊下《ろうか》へと出ていった。

一人残されたジョーカーは、弾丸をぴんと指で弾く。

「……代わりの、傭兵《ようへい》がいりますね。いい手ゴマだったのですが」

机の上を転がった弾丸は、『殺』の文字を上に向けて止まった。

「ドレイクさんっ！　待ってくださいっ」

廊下には、まだドレイクの姿があった。

読子はわたわたとそれを追いかける。

「待って……むがっ！」

最後の呻《うめ》きは、読子がドレイクの背にぶつかって発したものである。

ドレイクは立ち止まっていた。立ち止まり、大きなため息をついた。

「……なんだ」

「なんだじゃないじゃないですか。どうして、途中で降りるなんて言うんですか。今までそんなこと、一度も無かったのに！」

ドレイクは頭一つぶんも低い読子の目を見た。

そして、首を横に振る。

「……言ったとおりだ。今度のは、今までとは違う」

「そんなの、まだわからないじゃ……」

読子の反論を、ドレイクは大きな手をかざして止めた。

「いいか。俺が傭兵をやってきたのは、やってこれたのは、人一倍慎重だったからだ。危ないところには近寄らない。それが、戦争で金を稼《かせ》ぐ秘訣《ひけつ》なんだ」

読子は黙ってドレイクの言葉を聞いている。

「今度のは違う。あの紙使いにしろ、グーテンベルク・ペーパーにしろ、危険な匂《にお》いがぷんぷんしてやがる。加えて中国がらみの因縁《いんねん》まで出てきちゃ、俺の手にはおえないよ」

ゆっくりと、手を下ろす。

読子がこれまで見たことのない顔を、ドレイクは浮かべていた。

悲しそうな、静かな笑み。

「俺は傭兵《ようへい》だ。行動原理は、しょせん金だ。その金への執着《しゅうちゃく》にしたって、おまえの本に対する執心に比べれば足下にも及ばん。……俺がでしゃばっても、役に立てることなどない」

背を向ける。いつもは大きな背中が、たまらなく小さく見えた。

「……俺は、俺がこの世で唯一執着できるもの……マギーのもとに、帰る。達者でな」

歩き出す。せいぜい数歩も進んだところか。

「ひきょう者っ！」

大きな声が、飛んできた。

「？」

思わずドレイクが振り返る。

読子が、顔を真っ赤にして睨《にら》んでいた。

「ドレイクさん、艦で私に言ったじゃないですか！『グーテンベルク・ペーパーが相手に渡ったら、なにもかもが無駄《むだ》になる』って！ここで逃げたって、同じです！犠牲《ぎせい》になった人たちをほっといて、自分だけ帰るなんて！」

ドレイクは、むしろ驚きをもって読子を見ていた。

これほど激しい反論をぶつけてくる読子など、記憶にない。

「そんなの……そんなの、ひきょうです……」

読子の熱気と声量が、徐々に収まっていった。

同時に、俯《うつむ》く。その顔が怒りではなくなにを浮かべているか、ドレイクは見なくてもわかった。

「………………………」

しかし、ドレイクは再度彼女に背を向けた。

「……すまんな」

歩き出した背には、もう声はかけられなかった。


一一時三〇分。

正午を前にして、ロンドンの街は未だ平和である。

秋の穏やかな陽光は街頭の隅々《すみずみ》までを照らしだす。

その光は、風景を絵画のように際だたせた。

光が眩《まぶ》しい、白を基調とした絵画のように。

「確かに彼の離脱は手痛い損失ですが、我々には嘆《なげ》いている時間はありません」

ジョーカーは、休息をとった読子を連れて大英博物館へと出向いている。

「北海の襲撃が失敗に終わった以上、彼らはまた攻めてくるはずです。間違いなく、このロンドンへ」

「…………………」

歩きながらも、読子は黙ったままだ。

「元SASのスタッフ何人かに連絡を取りました。本日中に新たなサポートを決定しなければなりません」

「はぁ……」

読子の生返事に、ジョーカーが振り返った。

「感情を切り替えてください。ザ・ペーパー」

「は……はいっ」

「ショックなのはわかります。しかし、それを引きずっている余裕《よゆう》はないのです」

「……はぁ」

やれやれ、とジョーカーは頭を振り、踵《きびす》を返した。その直後、背中からぱしっ、と高く乾いた音が聞こえた。

「⁉」

振り向いてみると、読子の頬《ほお》が赤くなっている。明らかに、自分で自分を叩いたのだ。

「あ……な、なんでもありません。急ぎましょう」

読子はにへっ、と笑った。いつもに比べて弱い笑みではあったが、どうにか復調しようという意志は見える。

「結構」

ジョーカーは頷《うなず》き、歩を進めた。

開設以来、増築に増築を重ねてきた大英博物館は、さながら迷路といってもいい。

「すべての展示物を見るには一週間は必要だ」とはよくいわれる言葉だが、それも地図あってのこと。地図なしではたちまちに迷子《まいご》になってしまうことだろう。

それにしても、各国文化別にわかれたスペースを見回っていると、歴史の流れを鳥瞰《ちょうかん》している気分すら覚える。

情熱と意欲で集めに集めた品々は、博物館それ自体を奇妙なタイムマシンへと変えてしまった。

「……で、どこへ向かってるんですか？」

意外ではあるが、これだけ近くにありながら、読子は大英博物館を訪れたことが数えるほどしかない。

せいぜいが、特殊工作部への入口といったところである。

大英博物館にもロゼッタ・ストーンなどの碑文《ひぶん》を記したものがある。それらには幾分《いくぶん》か興味も湧くが、本の魅力には及ばない。

「英国でもトップクラスの要注意人物のところですよ」

ジョーカーが、前を見たままで言った。

博物館は本日も開館しているため、「改装のため閉鎖《へいさ》」とされているスペースを縫《ぬ》って進んでいく。

幽霊が出る、という噂《うわさ》のエジプト、ミイラ室を通り抜けると、わずかにひやりとした空気が漂った。

「ここの職員さんなんですか？」

読子にしても人のことは言えないが、大英博物館、大英図書館には特異な人材がごろごろといる。だから、ジョーカーの言った〝要注意〟の言葉が冗談じみて聞こえたのも無理はない。

「職員、かつ囚人といったところでしょうか」

ジョーカーは、『STAFF　ONLY』のプレートがかかっている鎖《くさり》をひょいとまたいだ。

読子もややはしたなく足を上げる。

「囚人？」

聞き慣れない言葉に、首をかしげる。

「そう。私も一度しか会ったことがありません。ここに来たばかりの頃です。今日で会うのは二回目です」

通路が暗くて読子は気づかないが、ジョーカーの額には汗が浮いていた。

いつしか二人は、大英博物館の最深部を歩いていた。

床はなだらかな傾斜になっている。もう地下に到達しているのかもしれない。

「彼はその時から、いやそのずっと前からここにいる。そして、人々の知る限り出たことはない。解放されたことはない。博物館の誰に聞いてもそう言いますよ」

「それって……監禁《かんきん》じゃ、ないんですか？」

思わず読子の声が大きくなる。

声の反響で、壁が通常のそれよりずっと厚くなっていることがわかった。

「他の誰かが命じていたら、そうかもしれません。しかしこの処置を命じたのは誰でもありません、ジェントルメンです。彼のやることはすべて英国のためのこと。意見など、出ようはずも」

読子は釈然《しゃくぜん》としない顔になる。

時折、ジョーカーの話に引き出されるジェントルメンからはひどく理不尽《りふじん》な印象を受ける。

しかし、読子にとってジェントルメンはなんら疑わしいところのない老人だ。

そのギャップが、彼女の中で不協和音になりつつある……。

「彼にしても、この中にいたほうが幸せですよ。外界に出れば、どんな仕打ちを受けるかわかったものではありませんから」

「その人、いったいなにしたんですか……？」

「なんにもしてません。ただ、生き続けているだけなんです」

ジョーカーが立ち止まった。

二人は、鉄の扉の前にいた。

両脇には、警備のスタッフが腰掛けている。

「大英図書館のジョーカーと、ザ・ペーパーです。ジェントルメンから通達が来ていると思いますが……」

スタッフの一人が立ち上がる。

「ジェントルメンは、先ほどお見えになりましたよ。あなたたちのことを頼む、と言われたので準備しておきました。私はスタンリー、あっちはホワイトです」

ホワイト、と呼ばれた男が軽く頭を下げる。

「……で、どうなさいますか？　お連れになりますか？」

「はい。できれば、あなたたちに同行願えると嬉《うれ》しいのですが。私たち二人では、いささか不安なもので」

「わかりました。彼がここを出れば、私たちの仕事も無くなりますからね。とにかく、中で彼に会いましょう」

ホワイトが立ち上がった。壁の穴に、腰からぶら下げていたキーを差し込む。

同じく、スタンリーも自分のキーを差す。

「ワン、ツー……スリー」

タイミングをあわせて、二人がキーを回した。

ごん、と重い音を立てて扉が開いた。

わずかな隙間《すきま》の中から、通路より更に低い温度の空気が流れてきた。

「!?」

しかし読子が思わず身をすくめたのは、そのせいだけではない。

「……どうぞ、中へ」

スタンリーが、手で指した。灯《あか》りのこぼれる、室内を。

それはドーム状の部屋だった。

どうやって運び入れたのか、巨大な岩や木材が転がっている。

物置にも見えたが、岩や木材には文字や彫刻が施《ほどこ》されている。なにか、建造物の一部であることは明らかだ。

それも、かなり古い……。

部屋の中央に、ライトに照らされたキューブが置かれている。

特殊ガラスで囲われた部屋だ。

一面に九つずつ、空気を取り入れる穴が開いている。子供の腕すら通らない、細い細い穴が。

中には、ベッドと便器、そして机がある。

机の上には本が山と積まれている。

雑誌、新聞、書籍に書類……。

大学の研究室のような部屋だ。便器だけはカーテンで仕切られ、最低限のプライバシーを守っている。

そして。

その部屋の中央に。

持ち出しの準備が整った、彼がいた。

思わず立ち止まる読子をおいて、ジョーカーが歩み寄った。

「ミスター・ファウスト。お迎えにあがりました」

そこには、拘束衣《こうそくい》によって両手を固定された少年がいた。

少年？　そう、少年だ。歳《とし》は一〇歳かそこらだろう。変声期に達しているとは思えない。

最後に散髪をされたのはいつなのか、長く伸びたブロンド。

細い眉《まゆ》。

口と鼻は、硬化プラスチックのマスクで覆《おお》われているが、その唇の薄さは儚《はかな》い印象を一層強くしている。

拘束衣の上からでもわかる、華奢《きゃしゃ》な身体《からだ》つき。

彼は革のベルトで、垂直に立てられたストレッチャーに縛《しば》られている。

瞼《まぶた》は閉じられ、その完全な沈黙は一見して美しい死体にすら見える。

読子の頭で、先ほどまでかわしていた会話が躍った。

ずっと前から、ここにいる。

その内容と、彼の外見が激しく矛盾《むじゅん》した。

「ミスター・ファウスト！」

一レベル大きくなったジョーカーの声に、ファウストはようやく反応した。

スローモーションよりもゆっくりと、瞼を開く。

青い、青すぎる瞳が現れた。

そこに、徐々に意志の色が混じっていく。

「…………………………」

ファウストが、起きた。

「おはようございます、ミスター・ファウスト。お目覚めと聞いて参ったのですが」

ファウストの、薄い唇が動いた。

「……この姿勢が、退屈だったからね。ついうとうとしてしまった。……夢まで見たよ」

「どのような？」

「この世が、地獄に変わる夢だ」

無邪気《むじゃき》に笑って言う。口調は、子供のそれだ。しかし読子は彼に尋常《じんじょう》ならざるものを感じている。それがなんなのかは、まだわからないが。

「……今日はなんて日だ。ジェントルメンが来たかと思えば、次は……ええと、ジョーカー、だったかな？」

自分の名前を呼ばれて、ジョーカーは少なからず驚いた。

「覚えておいでてでしたか。私は一三年前に一度、伺《うかが》っただけですが」

「覚えてるさ。……ずいぶんと、人相が悪くなった」

ファウストの皮肉を、ジョーカーはどうにか受け止める。

「あなたは変わらない。その性格の悪さも、外見も」

ジョーカーの言葉に衝撃を受けたのは、むしろ読子のほうだった。

「ジョーカーさん、この人が……」

「そう。遙《はる》か昔から大英博物館にて叡智《えいち》を貪《むさぼ》り続ける男、おぞましくも美しい外観を保ち続け

る知の探究者、ミスター・ファウストです」

ファウストの視線が、読子へと移る。

マスクの下で、唇が笑みを形作った。

「はじめまして、お嬢《じょう》さん」

読子は唾《つば》を飲み込んだ。そして、慌《あわ》てた。

「と、特殊工作部エージェントの〝ザ・ペーパー〟。読子・リードマンと申します……」

「ヨミコ？　変わった名前だな」

「すみません、よく言われます……」

読子が頭をかく。

「まあいい。僕はファウスト。本名ではないが、それで通ってる」

ファウストは、読子に視線を注いだままだ。

「……ミスター・ファウスト。ジェントルメンからお話を聞いていると思いますが、我々はグーテンベルク・ペーパーを発見いたしました」

「聞いたよ。よくも見つかったもんだ。執念《しゅうねん》と運命の美しい結婚だな」

ファウストの言葉は、皮肉まじりの詩のようだ。それが子供の口からこぼれると、激しい違和感がある。

「現在、成分分析《ぶんせき》を行っていますが、より重要なのは文章の解読です。そして、その解読はあなたしかできないと、我々は考えています」

「だろうね」

平然とした態度には、絶対の自信があふれている。

「……以上の理由で、ジェントルメンは特別措置《そち》を決定しました。あなたを一時、私たちの監視下において解放し、グーテンベルク・ペーパーの解読に参加していただきます」

ファウストはくっくっと、口の中で笑った。

「どうやら、本気だったのか。ジェントルメンは。あの死にぞこない、ついにボケたかと思ったけど」

「!?」

あまりに堂々と発せられたジェントルメンへの罵倒《ばとう》に、全員が騒然とした。

しかし当のファウストは、なんら気にかける様子もない。

「いいだろう、が、条件がある」

「……どのような?」

いち早く平静を取り戻したのは、ジョーカーである。

「解読はどこで行われるのかな?」

「大英図書館特殊工作部の、特別室を用意しています」

「そこに、こんな無様な拘束衣《こうそくい》で乗り込んで、見せ物になるのはごめんだな」

「……では、どうなさいますか?」

　ファウストの目が細くなった。

「期間中は、大英博物館、ならびに大英図書館内での僕の行動を自由にしろ。もちろん拘束衣《こうそくい》はなしだ」

「!?」

　スタンリーとホワイトが、顔を見合わせる。

「それと、僕はもう一世紀以上女性に触れていない。直《じか》に見たのも五〇年ぶりだ。ここから出ていく時には、そこのお嬢《じょう》さんと手をつないで出たいな。……ささやかな、希望だろ?」

　自分が条件の枠《わく》に入ったことを知り、読子が目を丸くした。

「……自由、というのはいささか問題があるような気がしますが……」

「なら、監視をつければいいだろ。それも、そのお嬢さんがすればいい。エージェントなんだろ?　うってつけじゃないか」

「……私の一存では、決めかねます。しばし、時間を」

　ジョーカーが、通信機を取り出して外に出た。呼ばれたわけでもないのに、スタンリーとホワイトが続く。

　部屋の中には、読子とファウストだけが残された。

「…………あの……」

読子が、口を開く。

「なんだい？」

「ファウストさんて、ずうっと子供なんですか？」

「外見はね」

「じゃあ、中身は？」

ファウストの視線が、宙を見る。宙の果てに、答えを思い出すかのように。

「さぁね……四〇〇より下、ってことはないと思うけど。もう記憶の彼方《かなた》だな」

この少年が最低でも自分の一六倍の年月を過ごした、と聞き、読子は圧倒された。

「どうして……そんなに長生きしてるんですか？　それに、どうして子供のままなんですか？」

しかしファウストは、この質問を質問で返す。

「君はエージェントだろ？　能力は？」

「紙使いです」

「どうして、紙を自在に使えるんだ？」

改めて問われ、読子はハッと息を飲む。

「それは……訓練しましたし、私、本も好きですから……」

「違うね」

戸惑いがちな読子の答えを、ファウストはあっさりと否定した。

「訓練なら誰でもできる。本が好きなやつだって他にもいる。そいつらと君の違いはなんだ？」

「…………………………」

ファウストの追及に読子は俯《うつむ》き、黙ってしまう。

そしてその答えは、彼自身が口にした。

「君は気づいてしまったんだ。人間が〝できる〟ことに」

「………？」

ゆっくりと、読子は顔を上げた。

「僕も同じだ。僕も気づいてしまったのさ。人間が、遙《はる》かに長く〝生きられる〟ことに」

ファウストの青い瞳が、読子を捉えていた。

炎は、赤く燃えるより青く燃えるほうが温度が高い。

ファウストの瞳の中に、読子は強烈な自我の燃焼を見た気がした。

「だからジェントルメンは、僕が怖いんだ。人類史上三人目の、到達者になることを恐れてるんだ」

「到達者……？」

その単語を口にした時、ジョーカーが部屋に戻ってきた。

「……許可が出ました。ザ・ペーパーと特殊工作部の二四時間監視下において、あなたの制限付き自由行動を許可する、とのことです」

ファウストは、さらに大きく、無邪気《むじゃき》に笑った。

「そうなると思った。あのジジイ、本気で追い詰められてるな」

「あまり失礼な発言を続けると、後ほど報告しなければなりませんが？」

ジョーカーの威圧《いあつ》も、ファウストは毛ほどにも感じない。

「そりゃご苦労だね。辞書と間違えるぐらいの報告書を書かせてやるよ」

「…………………」

苦虫《にがむし》を嚙《か》みつぶした顔になったジョーカーの脇から、スタンリーが、部屋の鍵《かぎ》を持って扉に近づいていった。

「太陽はまだ東から昇ってるかな？　なにしろ世間知らずの子供なんだ、丁重に扱ってくれよ、お嬢《じょう》さん」

条件どおり、解放されたファウストは、読子と手をつないで通路を歩いている。大英博物館の一般閲覧部《えつらんぶ》に通じる道を。

「はあ……」

読子はと言えば、まだこの奇妙な少年にどう接すればいいのかわからない様子だ。無理もないといえば無理もないが。

普通の子供なら寓話《ぐうわ》やコミックで話をあわせることができる。しかし彼の中身は四〇〇歳なのだ。どんな会話をすればいいのだろう。

二人から適度の距離をとって、ジョーカーが続いている。

スタンリーとホワイトは、「後かたづけがありますので」と同行を拒《こば》んだ。つまりは、逃げたのだ。実害が無かったにしろ、上から厳しく監視を命じられていたファウストが自由になるとすれば、少しでも遠ざかっておきたいのが本音だろう。

エジプト関係の展示室で、ファウストはやおら足を止めた。

ロゼッタ・ストーンを見て一人ごちる。

「ロゼッタ・ストーンか。懐《なつ》かしいな」

「見たことが、あるんですか？」

「解読を、手伝った」

ロゼッタ・ストーンは、古代エジプトの神官が宗教に関する法令を刻んだ石である。プトレマイオス朝時代のそれには聖なる文字ヒエログリフ、デモティック、そしてギリシャ文字で布告が連なっており、一七九九年の発見以来、この解読にはヨーロッパ中の学者たちが取り組んだ。一八二二年、フランスのシャンポリオンがそれに一番乗りを果したが、このファウストもどこかで関係しているのかもしれない。

彼の言葉には、そう思わせるだけの重みがある。真偽が定かでないにしろ。

「僕はそうすることで、生かされている。あの部屋で、何百年もひたすらに本を読み、出土した物を研究してきた」

部屋に置かれていた岩や材木は、その研究対象だったわけか。

ふと、ファウストは小声になった。

「ジェントルメンはそうすることで、僕の好奇心を埋めていった。興味の対象をそらし、キーワードになるものは与えず、目先の研究だけに没頭《ぼっとう》するように。確かに、最初はうまくいったさ。無限の退屈をまぎらわせるには、どんな研究でもよかったからね」

ジョーカーに聞かれまい、というよりも、読子にだけ聞かせたい、というのがその狙いだろう。実際に読子は耳をそばだててしまう。

「だが、彼は気づいていなかった。真理というのは、パズルだ。重要なピースを抜いても、全体像はおのずと見えてくる。莫大《ばくだい》な時間と本に埋もれ、今も僕は一歩ずつ近づいている」

いつしか二人は、一般口の入口まで来ていた。

「ミスター」

ジョーカーが、注意する。

「……そう、近づいている。一歩一歩……」

しかしファウストは、読子の手を握って止まらない。

「あの、ファウストさん……」

「ミスター！　止まってください。建物から出ると……」

ジョーカーが、懐《ふところ》に手を突っ込んでいる。

「わかってる！」

ファウストが立ち止まった。列柱の一歩手前である。

「……………………」

気づいている。ジョーカーは、通信から戻る際に銃を懐《ふところ》に収めている。

むろん、ファウストを監視するためだ。

ジョーカーは、懐に手を入れたまま、ファウストの背を睨《にら》んでいる。

「ミスター、お戻りください」

「ファウストさん……」

読子が、ファウストの顔を覗《のぞ》きこんだ。

「……………………」

ファウストは、わずか数メートル先の光景を見つめていた。

そこでは、英国のみならず各国から来た人々が行き交っていた。ある者は本を手に、ある者は語らいながら、大英博物館へと向かってくる。

知への情熱と好奇心を胸に、階段を一歩一歩、上ってくる。

「……ヨミコ……いや、ザ・ペーパー……」

「読子、で結構です。ファウストさん」

作戦行動中は、コードネームで呼びあうのがしきたりだが、読子はこの時、彼にファーストネームを呼ばれることを望んだ。

ファウストが、ほんの目の前の光景を、遙《はる》か遠くに眺めるように見ていたからである。

「僕たちは、ここにいる一二九人の人々を、わずか数秒で殺害できる化合物質を作り出すことができる……」

淡々と述べる言葉が、とてつもない孤独に満ちている。

「それはいったいなんだ？　叡智《えいち》でも文明でもない。ただの人殺しの手段だ。人は、そんなことまで知ってしまった。僕たちは、どこまで、なにを知れば気がすむんだろう？」

「……………………」

中身が四〇〇歳であるにしろ、今、光景を眺めているファウストの瞳は、まぎれもなく少年のものだった。

読子は、ファウストと繋《つな》いだ手に、わずかに力をこめた。

「？」

ファウストが、驚いた顔で読子を見上げる。

読子は、ファウストの見ていた光景を見つめた。

「ファウストさん……」

手を握ったまま、本物の少年と接するように、語り始める。

「その、化合物さんだって、人殺しにだけ使われるんじゃないと思います。ロケットの燃料とか、なにかの安定剤とか、いろんな使い道があるはずです。ニトログリセリンは危険な爆薬だったけど、ノーベルさんがダイナマイトを発明したおかげで、作業員さんたちはうんと楽になりました。……私たちは、そんな、この世界に一緒にあるものと暮らす、〝冴えたやりかた〟を見つけようとして、智恵を求めるんじゃないでしょうか……？」

たどたどしい言葉だったが、ファウストは黙って聞いている。

読子は、ファウストに視線を戻す。

「みんながみんな、知りたがってるんです。今の世界より、明日の世界のためにって。今はそれじゃ、いけませんか？」

ファウストは、しばらく読子を見ていたが、口の端を曲げて笑った。

「理想論だね。ダイナマイトは戦争にも使われた。犠牲者《ぎせいしゃ》も多く出した。……だけど今日は、それで納得してやろう」

「すみません……」

読子はにへら、とした笑みを浮かべる。

その気恥ずかしそうな、どことなく調子はずれの笑顔は、ファウストにとってやけに新鮮だった。

彼は、振り返っていまだ懐《ふところ》に手を入れたままのジョーカーに言った。

「悪かったね、さあ行こう」

ジョーカーは銃のグリップから手を離し、細く息をついた。


バッグ一つを背中にまわし、ドレイクはセント・パンクラス駅に向かっていた。

いつものコンバット・スーツではなく、Tシャツにジーンズジャケットだ。

秋のロンドンにはいささか寒そうな格好だが、鍛えあげた肉体にはどうということもない。

寒いのは、これからの懐であった。

大英図書館に違約金《いやくきん》を振り込まねばならない。こつこつと貯めてきた貯金が一気に減る。それでも、命にはかえられない。そうだ、命はなによりも大切なのだ。


「……………………」

読子にぶつけられた言葉が、胸のどこかに引っかかっている。

北海で犠牲になった連中も、喜んで犠牲になったわけではない。

彼らにしても、命は大切だったろう。

だが、それは特殊工作部に所属し、任務に就《つ》いた結果だ。

法的にも、ドレイクには責任が無い。

彼の任務は、あくまで読子のサポートリーダーを務めることなのだから。

マギーの顔を思い浮かべた。

最後に会ったのは一月《ひとつき》前。最近、ソバカスが増えたとこぼしていた。

健康的でいいじゃないかと慰《なぐさ》めたら、

「パパの娘だもん。健康なんて売るほど余ってる」

と言われた。

月に一度、マギーに会うのがドレイクの楽しみだった。

その時はいつも、普段のあれやこれやを教えあうのだ。

マギーは学校でのこと、友だちのこと、そしてママのことを語った。最後の話題には、少しばかり気を遣いながら。

ドレイクは、仕事のことを脚色して話した。

まあせいぜい、悪いヤツらをやっつけた、とかこらしめた、といった結末だ。

腹立たしいことに、一番ウケがいいのは特殊工作部がらみの話だった。

マギーは紙を操る女スパイ、ジェーン（ドレイクは話の中で読子にこう名付けていた）の活躍に目を輝かせた。

「それすっごいオモシロい。本に書けばいいのに！」

と言われては、苦笑するしかない。

「…………………………」

今回の対面は、気がひける。

なにを話せばいいのだろう。

「……ちっ」

ドレイクは舌打ちした。それでも、死体袋で対面するよりはまだマシだ。

そんなことを考えながら駅に入ろうとした時、

「おひゃっ！」

奇妙な叫びをあげて、ぶつかってきた者がいた。

「……なんだ？」

ドレイクの巨体を直撃したそれは、背後へ盛大にすってんと倒れた。

その手から、観光ガイドらしいマップブックが落ちる。どうやらそれを見つめながら駅から出てきたらしい。前方不注意だ。

「あいたたた……あ、ごめんなさい！　ソーリー！　ソーリー！」

東洋人らしい、少女だった。

ドレイクは日本の自然が好きで、何度も訪れている。だから簡単な言葉ぐらいはわかる。あくまで簡単な、だが。

少女の発した言葉には、明らかな日本語が含まれていた。

「ソーリー！　ワンモアソーリー！」

誤った英会話を唱えつつも、少女が立ち上がる。

後ろ髪がぴん！　と勢いよくハネている。

「…………………」

ドレイクはその顔を凝視《ぎょうし》した。どこかで見たような気がしたからだ。

「とてもソーリー！　マジソーリー！」

少女はマップブックを拾うと、ごまかすようにスタスタと歩き出した。

その姿を見つめながら、ようやくドレイクは彼女を記憶から引っ張り出す。

あの娘だ！

春に日本で、書店ビルのテロ退治に駆り出された時！

読子と一緒にいた娘だ！

向こうはどうやらドレイクに気づかなかったらしい。それほど長く一緒にいたわけではないし、今は私服だから無理もないが。

しかし、あの娘がなぜ英国に？

「…………………」

考えるまでもない。読子がらみに決まっている。大方、日本においてかれたのに怒って追いかけてきたのだ。それ以外に思いつかない。

「……やれやれだ……」

ドレイクは顔に手を当てて嘆息《たんそく》した。

今、読子たち大英図書館がどんな状況にあるかも知らずに。あの娘、なにもわかっちゃいない。足でまといと送還されるならまだしも、ヘタをしたら戦いに巻き込まれるぞ。

思わず、その姿を目で追った。

しかし駅前の乱雑は、彼女の低い背を完全に飲み込んでいた。

「………………………」

ドレイクは思い直す。

もう、俺には関係ない。マギー以外のおもりなんかまっぴらだ。

とにかく、早く英国を離れるのだ。巻き添えをくらう前に。

彼は心を決め、切符売り場へと向かう。

「ふわっはっはっ！　作家の執念《しゅうねん》甘く見んなぁ！　地球の裏側にだって追っかけてくるんだからぁ！」

その言葉を実践《じっせん》したねねねは、初のロンドンの街を無意味に力あふれる足取りで闊歩《かっぽ》していく。

読子が大英図書館の特殊工作部に所属している、というのは前から知っている。

あのメイドが、そこからの使いだというのもわかった。

つまりは、大英図書館に行けば読子の手がかりがあるということだ。

それだけを行動目的に、ねねねはついに英国まで来てしまったのである。

なにが駆り立てるのか、自分でもよくわからない。

ただ、読子の傍《そば》にいると作家の魂《たましい》が刺激される、ということだ。

せっかく知りあった、あんな面白い題材。離れているのは損である。

だいたいメッセンジャーが来るような大事件を、見過ごしていられるものか。

拙《つたな》い英語力など男らしく無視だ（女だが）。さっきだって単語を適当に並べただけで、そこそこ意味は通じたではないか。

ねねねはマップブックを広げ、現在地と照らしあわせた。

「ここがー、セント・パンクラス駅に面したユーストン・ロードだからぁ……なんだ、大英図書館ってすぐ隣じゃん……ん？」

勢いあまって、自分が既に大英図書館を通り越していることに気づく。

ねねねは誰一人知り合いもいないのに、やけに気恥ずかしい思いを抱えながら、来た道を引き返していった。

ざわ……ざわ……と、大きくはないがはっきりとしたざわめきが浮かびあがる。

特殊工作部は、もの珍しげな視線であふれている。

その行き着く先はただ一点、読子とファウストである。

「……誰？」

「読子さんの、子!?」

「隠し子!?」

「生き別れの、弟!?」

根も葉もないデマが、聞こえてくる。

読子は、微妙に距離を開けているジョーカーを振り返った。

「ジョーカーさぁん……」

「……沈黙を、守りなさい」

ジョーカーは、つとめて関係ない素振《そぶ》りを通しつつ、答える。

彼としては、なるべく裏の通路を通って用意した研究室に連れていくつもりだった。

しかし当のファウストが、

「これから職場になるんだろ？　だったら、細かく把握《はあく》しておかないと。非常の際に、僕だけ取り残されてもいいっていうのか？」

と、特殊工作部内の見学を希望したのである。

ジョーカーとしては、許可するしかない。読子としても、反対することはできない。

今はまだ、遠巻きにされているだけだが、誰か話しかけてきたら、どう返答するべきか。

ファウストの存在は、長年の間に都市伝説じみたものとなっている。

真にその姿を見た者も、数えるほどしかいない。

ごまかすべきか、正直にうち明けるべきか。ジョーカーとしても判断しかねるところである。まあ、以降の作戦と大英博物館からいずれ漏《も》れるであろう情報を考慮《こうりょ》すると、バラしてもいいような気になるが……。

「読子っ、さんっ！」

進行方向で、ばさばさと音がした。

ウェンディが、資料の束を落としたのだ。

視線がファウストに向けられている。

「あ？　えっと、あの……」

どんな言い訳をするのが一番いいか？　そんなことを考えている間に、ウェンディが動いた。

「いぁーん、可愛《かわい》いーっ！」

瞬間移動のようにファウストの前にしゃがみこみ、その顔をまじまじと見つめる。

「うは？」

反射に近い行動に、読子の目が点になる。

「どーしたんですか、このコ⁉　見学⁉　あ、読子さんの親戚《しんせき》⁉　弟⁉　ねーねーボク、トシ幾《いく》つ？　お名前は？　私はウェンディ・イアハート！」

満面の笑顔になり、人差し指でファウストの頰《ほお》をつつく。

恐れを知らないアクションに、ジョーカーがあんぐりと口を開けた。

「…………………………」

そして当のファウストは、このきわめてストレートな感情を示す相手を、しげしげと見つめ返していた。

「ぶす」

「どしたの—？」

その唇が静かに開いた。

「！！⁉⁉⁉⁉⁉」

言葉の暴力に、ウェンディが背後にのけぞり、しかしどうにかこらえる。

「ぶ……ぶす……」

「ファウストさんっ、なんてことを⁉」

思わず読子が口を挟《はさ》んだ。その声は、ことの成り行きを見守っていたスタッフたちに伝染していく。

「ファウスト？」

「あれが、例の？」

「本物？　実在したの？」

噂《うわさ》の速度は光通信より早い。たちまち彼の正体は、ひきつるウェンディを爆心地として広がってしまった。

ジョーカーは瞼《まぶた》を閉じ、額に指を当てている。まあ、不可抗力の範疇《はんちゅう》だが。

読子は今さらに辺りを窺《うかが》いつつ、ファウストをたしなめた。

「ウェンディさんのどこがぶすなんですか。ファウストをたしなめた。」


慌《あわ》てているせいか、読子のフォローもどこかおかしい。

「性格がぶすだ。一八世紀には、こんなはしたない女はいなかったよ」

「今は世紀が違うんです、もうっ……」

一方のウェンディは、すっくと立ち上がり、

「……………………うわぁぁん！」

踵《きびす》を返して、走り去った。資料の束を残したまんまで。

その背に、ファウストがとどめの一言を投げかける。

「ぶーすー！」

ウェンディは、なにもない床でぎゃふんとコケた。

読子とジョーカーは、ざわめくスタッフの声の中で、

「……とにかく、他を回りましょう」

「そうしましょう」

と、その場からの撤退《てったい》を決定したのだった。


「それにしても、ウェンディ君は年下が好みなんですかねぇ」

「でもファウストさん、中身は四〇〇歳ですよ。ウェンディさんの二〇倍です」

「中身の古さは、カバーではわかりませんからねぇ」

「あんな女がスタッフ見習いとは、特殊工作部の質も落ちたもんだね」

三人は、特殊工作部のさらに地下階層にと降りていた。

ここは印刷工房、ジギーがグーテンベルク・ペーパーを分析《ぶんせき》している研究室、書庫などがある場所だ。

博物館の時と異なり、三人の雰囲気《ふんいき》はくだけたものとなっている。ウェンディの一件が緊張をほぐしたとすれば、本人の知らないお手柄《てがら》では、ある。

そんな会話をしながらも、ジョーカーは胸元の銃を常に意識しているのだが。

どうやらファウストは、全長五〇メートルの印刷機に興味をひかれたようだった。

「あなたと同じ、ドイツ製ですよ」

ジョーカーが、説明を兼ねて言う。

「あの二つの巨大な円筒で送られてきた紙を挟《はさ》み、両面に印刷します。円筒には版が設置されています。あとはインクを乾燥させて折り、端を裁断して、と。数分で書籍のできあがりです。ご存知だとは思いますが」

人の背に値するロールが二機、うなりを上げて回転する様は圧巻である。産業革命を飛び越えてきたファウストにとってはなおさらだろう。

「実物を見るのは初めてだな」

ファウストは、つぶさにその細部を観察しているようだった。

この探求心、好奇心が〝ファウスト〟たる名の所以《ゆえん》である。

通路に出た三人は、そこでジギーに出くわした。

「ジギーさん。分析は、はかどりましたか？」

「なんともいえんな。妙なところなど……」

読子に答えつつ一同を見たジギーの視線が固まる。もちろん、ファウストを捕らえてだ。

「ファウスト……」

声も顔も、急激にその温度を下げた。

「やぁ、ジギー。六〇年ぶり、かな？　……ずいぶんと老《ふ》けたもんだ」

「……おまえは、変わらんな。あの時は、ほとんど同じ歳《とし》に見えたもんじゃが」

「そうだな。まるで兄弟みたいだった。君は、ナチスの迫害でずいぶんとやつれていたが」

ジギーが視線を逸《そ》らす。快活なこの老人が、傷口を指でほじられたような顔になった。

「……ジギーさん。途中経過は?」

話題を変えるべく、ジョーカーが割り込んだ。

「ああ。紙自体は、特にかわったところはない。当時の手すき紙じゃ。劣化がひどいので難儀《なんぎ》はしておるが……」

「見逃したところはないかい?」

ジギーの言葉を、ファウストが遮《さえぎ》る。

「グーテンベルク・ペーパーが、四二行聖書と同時期に印刷されたのなら、同じ紙を使用した可能性もある。四二行聖書に使われた手すき紙は、イタリアから輸入されたものだ。教会の祝福を受けているかもしれないよ」

ファウストの指摘に、ジギーが目を見張る。

「そんな紙を、魔道の書に使うか……?」

「さあねぇ」

はぐらかすファウストだったが、その言葉はジギーのヒントになったようだ。

「……研究室に、戻る」

ジギーは踵《きびす》を返し、奥の研究室へと向かった。

ファウストが、声をかける。

「急ぐんだな！　僕はたっぷり時間があるが、君にはないだろ?・」

ファウストの言葉は通路にこだまし、長く長く残っていた。


大英図書館の正面ゲート、エントランス・ポーティコには、『BRITISH　LIBRARY』の文字が幾段《いくだん》にも抜かれている。上から下にいくにつれてその文字は太くなり、門の役目を立派に果たすわけだ。

中の広場へ進むと、外装に煉瓦《れんが》を用《もち》いた本館が見える。煉瓦は、歴史的建造物の多いロンドンで、新しい大英図書館が調和するようにと配慮《はいりよ》されての採用だ。

広大で落ち着きのあるその本館に、日本人の元女子高生が乗り込んでいく。

「すっごー……本当に図書館?・」

大英図書館は来る者を拒《こば》まない。入場は無料であり、英国国民のみならず世界から訪れる人々に解放されている。蔵書は実に一二〇〇万冊。中にはその全閲覧《ぜんえつらん》を目指して通いつめているマニアもいるほどだ。

メイン・エントランス・ホールの天井はゆるやかな波状のカーブを描き、自然光をいっぱいに取り入れる設計に仕上がっている。

入口はコンコースで、まさに利用者はステップを上がるごとくその内部へと引き込まれていくのだ。

これは、訪れる人々を威圧《いあつ》せず、穏やかに知の探究世界へと誘う、スタッフの細心の心遣いの賜物《たまもの》だ。

「こんなの近所にあったら、コドモみんな先生みたいになっちゃうよね……」

ねねねは感嘆《かんたん》しつつ、先へと進んだ。

館内のほぼ中央に、キングズ・ライブラリーと呼ばれるブロンズとガラスの塔《とう》がある。白を基調とした館内で、黒大理石によって作られているそれは、その名の通りジョージ三世の蔵書を収めた〝王の書室〟だ。地下から地上六階ぶんにそびえ立つ偉容《いよう》には、歴史に興味のないねねねでも圧倒される。

「……いやまあ、でもあたしは先生を探しに来たのよっ」

ひとしきり館内を探索したが、やはり読子の姿は見つからなかった。

周りを埋めつくす本に知識欲も疼《うず》くが、なにしろ日本語以外の本は読めない。ねねねは当初の目的どおり、読子の探索に没頭《ぼっとう》することにした。

「……しかし、誰に聞けばいーんだろ」

誰に聞けばいいのかわからない、という事態は誰に聞いても同じ、を意味している。机で閲《えつ》覧《らん》している利用者はまあ除《のぞ》くとしても、とりあえずスタッフを捕まえるのが手っ取り早いだろう。

「え、えくすきゅーずみー」

我ながらカタカナにも聞こえない発音で、ねねねは本を抱えた女性に話しかけた。

「ホワッツ？」

読子と同じ制服を着ている。図書館のスタッフに間違いない。

「えーと。アイサーチ、あ、めがねレディー、ヨミコ・リードマン……」

英語の教師が聞いたら絶望しそうな発音で、それでもねねねは果敢《かかん》に話しかけていく。

東洋人らしき少女に話しかけられ、大英図書館スタッフのマリエッタは困惑していた。

大英図書館には様々な人種が来る。スタッフは、あらゆる対応を要求される。

マリエッタは注意深く彼女の発音を聞いたが、どう聞いても彼女が探しているのは書名ではなく人名のようだった。

「ここのスタッフ？　面会したいの？」

少女は首を縦と横に振る。理解しているのかいないのか。

マリエッタは大英図書館に就職して一年の新人だ。

もちろん、読子のことなど知らない。

さらに今日は、平日にも拘《かか》わらず利用者がいつもの倍近い。

大半はおとなしく机で本を読んでいるが、それでもスタッフたちの仕事は山のようにあった。マリエッタは考え、彼女を日本語の堪能《たんのう》なスタッフに引き渡そうとした。

「ついてきて」

手の動作でそれとわかったか、少女は歩き出したマリエッタに続いた。

「おーおー、なんだ、通じるじゃん」

ねねねは気をよくし、スタッフの後を歩いていく。

「やっぱ、英語は気合いよ、気合い」

あるいはゼスチャーか。指でメガネを形作り、目の回りを囲んだのがよかったか。

二人はエントランス・ホールの上にさしかかった。

その時だった。

入口のドアをくぐり、黒ずくめの女が現れた。


それは、映画のワンシーンのようだった。

短く整えたヘアスタイルに、革のパンツ、ノースリーブのシャツ。上にはやはり革のロングコートを羽織《はお》っている。

サングラスに目は隠れているが、肌の色は東洋人のそれだった。

スローモーションのように優雅に、女はコンコースを上がってきた。

そして、幅広いステップで立ち止まり、周囲を見回す。

ねねねは無意識に、その姿に見入っていた。

絵になるなぁ。

それが、普通に浮かんだ感想だった。

女はゆっくりと、広いホールを眺めた。

そして言った。

「動く者は、皆殺せ」


その途端に、利用者の半数近くが爆発した。

いや、爆発したように見えた。

飛び散ったのは肉片と血ではなく、紙だった。

彼らは紙を寄せ集めて作られた、紙人形だった。

人間そのものに彩《いろど》られた表面が、一瞬で弾けた。

散弾のようにばら撒かれた紙片は、鋭利な刃物となって本物の利用客たちに喰らいこみ、切断する。

学生が、本を持った腕を床に落とした。

老紳士の頭上半分が消滅した。

書物を読んでいた男は、そのまま机に射止《いと》められた。

白い壁に、天井に、赤い飛沫《ひまつ》が飛び散る。

静謐《せいひつ》で穏やかだった図書館の中は、たちまち生き残った者の悲鳴で満ちた。

「!?」

ねねねは倒れていた。

彼女の上には、マリエッタがいた。いや、マリエッタだったものがあった、というべきだろうか。

彼女の腹には、紙片が突き刺さっていた。

目前の利用者が、弾《はじ》けたのだ。

マリエッタは、ねねねを守る格好になって息絶えたのである。

「…………!?」

危険な目には何度かあっているが、馴《な》れることはない。

間違いない。この目で見た。女の言葉を合図に、人が弾けた。

そこかしこから、苦痛のうめき声が聞こえる。

ねねねはもう一度、マリエッタの腹を見た。

突き刺さっているのは、まぎれもない紙だ。

「…………紙!?」

読子と同じ、紙を操る女!?

ねねねの頭が、パニックの一歩前で踏みとどまった。

「どれだけ立派に着飾っても、どうせ盗品蔵よ」

壁の白、自分の黒、そして血の赤。

連蓮《りんりー》は、背をぞくぞくと走る恍惚《こうこつ》に震えた。

白竜《はくりゅう》が失敗した、と聞いた時は舌打ちしたが、こんなふうに暴れられるなら悪くない。

指を口に当て、高く笛を吹く。

途端に、紙片が再度より集まり始めた。

生き残っている者たちは、驚愕《きょうがく》の目でそれを見ている。

ホラー映画の中に閉じこめられたかのようだった。

紙片は人の形になった。白い紙の人形だ。ところどころに、血の赤色が散りばめられている。

ぞろり、ぞろりと人形たちは、身を揺らして歩き出した。

「グーテンベルク・ペーパーを探すのよ」

連蓮の指示に、彼らはわらわらと散っていく。

「さて……と」

連蓮は、辺りを眺めた。

紙人形たちにまかせておくだけでは、能率が悪い。

スタッフに直接聞けば、あるいは発見も早くなる。言うかどうかはわからないが。

しかし、視界のスタッフはどれも死体となりはてている。

「……英国人は、ヤワだから困るわ」

ならば、人質でも取るか。

なるべく若くて弱そうな印象を与える、そう、女のほうがいい。

途中で出血多量で死なれても困る。だいたい服が血で汚れる。

気絶だけか、運良く難を逃れた者……。

連蓮の視界に、すべての条件を備えた少女が入った。


『非常警報！　非常警報！　大英図書館に賊《ぞく》が入りました！』

特殊工作部全室に、高い警報が鳴り響く。

全員が騒然となった。白昼最中《さなか》に、大英図書館が襲われるなど警戒の範囲外だった。

「現場からの連絡は？　賊は何名、武装は？」

ジョーカーが、警報をキャッチしたスタッフに声をとばす。

「不明！　非常警報を押した者も、連絡がつきません！」

読子が、ジョーカーに走り寄る。散髪をすませたファウストをつれて。

「なんですか、ジョーカーさんっ⁉」

「賊です！　読仙社かどうかはまだ」

不明、という前にスタッフが声を張り上げた。

「警備カメラに、賊の映像が！」

指示を待つことなく映像が切り替わり、大スクリーンにその姿が大映しになる。

そこには、黒ずくめの女が映っていた。血の飛び散った床に立ち、カメラに顔を向けている。

『ハイ。特殊工作部のみんな、見てる？』

「録画して！」

ジョーカーが指示をとばす。読子もファウストも、画面の中の女を見つめていた。

『私は、読仙社の連蓮。グーテンベルク・ペーパーをもらいにきたわ。一六〇年前のあなたたちみたいに、略奪って言おうかしら？』

その後ろでは、紙でできた人形がゆっくりと動いている。

「紙使い……」

読子がつぶやいた。北海とはまた別の敵だ。

『お互いの手間を省《はぶ》くため、さっさとグーテンベルク・ペーパーを差し出してちょうだい。でないと、無関係な利用客を殺しちゃうわよ♪』

連蓮は、ぐい、と自分の前に一人の少女を突きだした。

その姿に、読子は心底驚愕《きょうがく》する。

「菫川《すみれがわ》先生!?」

ねねねだった。服を切り裂かれたねねねが、ぐったりと気絶していた。

『できるだけ、早くね♪　私の白い軍隊が、あんたたちが五〇〇年かけて集めた本を〝紙くず〟にしちゃう前に』

映像が途切れた。連蓮が紙を放ち、カメラを両断したのだ。

特殊工作部は、重い沈黙に包まれる。

「ジョーカーさんっ!　早く、助けに行かないと!」

その沈黙を大声で破ったのは、読子である。

読子はしがみつかんばかりの勢いで、ジョーカーに迫った。

「先生が、アブないんですっ!　早くしないと!」

「冷静に、ザ・ペーパー!」

ジョーカーも覚えている。あの少女はバベル・ブックスの一件の時、読子と一緒にいた。彼女の友人だ。

「非常通信を使って大英図書館側に連絡を。生き残っている者は地下通路にてこちらに避難す

るように。それと、警察にテロ鎮圧《ちんあつ》部隊の出動要請《ようせい》を」

「私に行かせてください、ジョーカーさんっ！」

「あなたはダメです、ザ・ペーパー！」

「どうしてですか⁉　相手は紙使いなんですよ！」

「あなたはここで、グーテンベルク・ペーパーを護《まも》るのが任務です」

ジョーカーの言葉に、読子の肩が落ちる。

「じゃあ……菫川先生は……⁉」

「人質は別働隊《べつどうたい》を編成し、救助にあたります。可能な限りの」

こんな時、ドレイクの不在が肩にのしかかる。ジョーカーは冷静に、冷静にと自分を鎮《しず》める。どうするのが、一番いい対応か……？

「ジョーカーさんっ、私に行かせてくださいっ！」

読子の叫びにも似た声を、スタッフがかき消した。

「通報です！　……テムズ川に、怪物が出現しました！」

一瞬、内容を理解できないほど、その情報は唐突だった。

ロンドンを貫《つらぬ》くテムズ川。

ロンドン塔《とう》を左に眺め、タワーブリッジを抜けた水面。

最初、人はそれをゴミだと思った。

自分と同じ、川下りの観光客が捨てたチラシの類《たぐい》だと思った。

ロンドン塔を眺め、ふと視線を落とした時、それは倍に増えていた。

「…………？」

奇妙に思って覗《のぞ》き込む。

船体の下に、巨大な蛇がいた。

「……なにっ⁉」

蛇はみるみる水中から浮上してきた。

「うぁっ、うあーっ⁉」

波をくらい、船が大きく揺れる。

テムズ川の中心を裂くように、白く長い巨体が現れた。

ぱらぱらと、その身体《からだ》から剝《は》がれた鱗《うろこ》が落ちる。紙だ。白い紙だ。

「蛇……いや、ドラゴン⁉」

川縁のロアー・テムズ・ストリートから、街の人々が驚愕《きょうがく》の声をあげる。

そう、それは白い紙でできた竜だった。

三〇〇メートルを超える巨体の先で、頭が三つに分かれている。

ばっくりと開いた口は、それぞれに異国の空へと吠えた。

そしてその中央の頭には、白い紙で顔半分を覆《おお》った男が立っている。

「……さあ、リターンマッチだ！　ザ・ペーパー！」

報復に身を焦《こ》がす、白竜だった。

第三章　『ロンドンは燃えている！』

ヨーロッパでも屈指の文化的遺産を抱えこむロンドン。

ロンドン塔《とう》、セント・ポール大聖堂、バッキンガム宮殿にウェストミンスター寺院……。

旧世紀の色を残し、訪れる人に歴史の風格を感じさせる街のたたずまいは、ニューヨークや東京といった街とはまた異なる趣《おもむき》がある。

今その中心を突っ切るテムズ川に、奇怪な怪物が現れた。

川岸からそれを見た者の一部は、自国の誇るべきコメディ番組を思い出し、叫んだ。

「『モンティ・パイソン』だ！」

『モンティ・パイソン　アンド　ザ・フライングサーカス』は、英国の公共放送ＢＢＣが一九六九年から七四年にかけて放送したプログラムである。

スケッチ、と呼ばれるコントの間に挟《はさ》まれるアニメーションは、現在では映画監督として名をなしたテリー・ギリアムの手によるものだった。

写真やイラストをカッティングし、わずかに動かしつつ撮影したそのアニメは、番組の人気を高める大きな要因となり、英国国民の脳に深く刷《す》り込まれた。

だから、その怪物を見た彼らの反応を笑うことはできない。

その怪物は、まさに紙でできていたのだから。

紙の巨体を、テムズ川の上で滑らせていたのだから。

あまりにも非現実的な光景が、見物人たちの脳を困惑させたのだろう。

だが、一つ決定的に異なる点があった。

モンティ・パイソンは、人を殺さない。


「古くせぇ、辛気《しんき》くせぇ街だぜ、香港《ホンコン》の足下にも及ばねぇや！」

三つの首を持つ紙の竜、その中心の頭に座りこみ、白竜《はくりゅう》は興奮している。

敵地にて暴れられる、との高揚《こうよう》。

あの、英国の紙使いに復讐《ふくしゅう》してやる、との怒り。

そして絶対的な高みから、英国人を怯《おび》えさせることとの快感。

それらが一体となり、白竜は身震いした。

額に手をやり、街を一望する。

とりあえずの位置は頭に叩き込んだ。

このまま川を上り、ウォータールー・ブリッジのカーブから上陸すれば、大英《だいえい》博物館が見えてくるはずだ。

大英図書館のほうは、連蓮《りんりー》が行ってるから、そっちはまかせて……と。

「……しかし待てよ、こりゃあ……」

あの紙使いは、大英図書館特殊工作部所属のはずだ。

となれば、出てくるのは連蓮のほうじゃねぇか？

「おいおい、ヤバいぜ、こいつは……」

目的はあくまでグーテンベルク・ペーパーの奪取にある。

それが大英図書館か、大英博物館にあるかはわからない。だから二手に分かれているのだ。

だが、北海で恥《はじ》をかかされたあの紙使いには、個人的にもひと泡《あわ》ふかせてやらねば。

白竜は、紙で覆《おお》った顔の半面に手をやった。

「この傷が、疼《うず》くってもんよ」

ふと見ると、河の両岸にはもうずいぶんな人だかりができている。

どうやらなにかのイベントか、パフォーマンスだと思ってるバカもいるようだ。

「……よっしゃ、いいだろう！」

竜が首をもたげた。

テムズ川の水面に、そびえ立つ三本の首は、それぞれ蛇のように蠢《うごめ》き、小さな紙片をふりまいた。

「騒げば、あいつも出てくるだろうしな！」

白竜の顔が、凶悪に歪《ゆが》む。

驚異と、幾分《いくぶん》かの興奮をおぼえている英国人たちの顔を見る。

「ハデにいこうぜ！」

その声を合図に、三つの首は一斉に、口から紙を吐き出した。

「！」

交通標識が両断される。

人の身体《からだ》が、まっぷたつになった。

すぐ隣に立っていた男が、たちまち肉片に変わり、女が悲鳴をあげた。

「あぁーっ！」

紙片といっても、ドアよりも大きい。

それがうなりをあげて飛んでくれば、まさに凶器だ。

自動車が破壊され、爆発する。

たちまち路上は阿鼻叫喚《あびきょうかん》の絵画となり、人々は我先にと逃げ始めた。

H・G・ウェルズの『宇宙戦争』で、英国は火星人からの襲撃を受けた。タコ型火星人が操る三脚の移動機械は殺人光線を放ち、ロンドン市民は必死で逃げまどった。

今、それにも似た光景が始まろうとしている。

ウェルズの小説よりずっと、血腥《ちなまぐさ》い文体で。

「ひぃっ、ひぃーっ！」

車を駆って少しでも遠くへ逃げようとする男がいる。

空気を切り裂き、飛んできた紙片が車体の上部を丸々切り取った。

運転手を〝半分だけ〟乗せた車は、そのままガススタンドへと突っ込んだ。

たちまちにして、耳をも塞《ふさ》ぐような爆発音と黒煙が上がる。

赤と黒の入り混じった火柱に、白竜が満足そうな顔を作る。

「おうおう。賑《にぎ》やかになってきたじゃねぇか」

悲劇はもちろん、川の上でも起こっていた。

竜がぶうん、と身をよじらせただけで、波が激しく揺れる。

「わあっ！」

船に乗っていた観光客たちは、手すりや柱にしがみつく。

何人かがバランスを失い、川へと転落していった。

しかし、彼らは幸運なほうだった。

船上に残った客たちは、うなりをあげて、船へと飛んでくる竜の尾を見て、絶望を顔に貼りつかせる。

一瞬後、竜の尾は船を粉々《こなごな》に砕《くだ》いた。そして、粉々になったのは客たちも同じだった。

我先にと群衆が逃げる中、ＢＢＣの報道局スタッフが到着した。

手持ちのカメラを、竜に回す。

「こちら、テムズ川。ロンドン・ブリッジです！」

緊張と興奮を等しく声にブレンドし、レポーターが叫んだ。

「あれはいったいなんでしょう⁉　紙でできた三つ首のドラゴンが、テムズ川の上を悠然《ゆうぜん》と進んでいます！」

その放送は、大英図書館特殊工作部でもスクリーンに映し出されていた。

険しい顔で、ジョーカーが画面に見入る。大英図書館とテムズ川。二面攻撃とは大胆《だいたん》な戦法を取るものだ。

「北海の……生きていた……」

竜の頭にいる白竜を見て、読子《よみこ》が眉《まゆ》を寄せた。

「………？」

ファウストは、彼女が無言で拳を握ったのを見つめている。

『ペーパードラゴンは、紙を射出して多大な被害を出しています！　危険ですので、テムズ川周辺の皆様は速《すみ》やかに避難を！』

じわじわと近づく竜に、レポーターの顔もひきつっていく。

全英に中継されているその画像を、とある部屋でこの男も見ていた。

「…………………………」

車椅子《くるまいす》に腰掛けた、皺《しわ》だらけの老人。ジェントルメンである。

この一室は、大英図書館でも大英博物館でもない。

ジョーカーも入ることができない、ジェントルメンの私室である。

壁一面の画面は、まさに怪獣映画さながらの光景を映しだしている。

ジェントルメンは、マスクで覆《おお》われてないほうの目でそれを見つめていた。

「……売女《ばいた》めが……」

およそ、紳士的とは思えない言葉が漏《も》れる。

その瞳にも声にも、普段の彼からは感じられない激しい感情が込められていた。

怒りである。

「わしの寝台に潜りこんできたか？　しかも土足で、臭い息を吐き散らしながら」

彼の言葉は、画面で暴れる白竜ではなく、その後ろにいる者に向けられているようだ。

ジェントルメンにしか見えない、背後の者に。

「盗賊《とうぞく》よりもあさましく、売春婦《ばいしゅんふ》よりも薄汚く、わしの懐《ふところ》から〝紙〟を盗み取る気か？　ようやく手にした〝紙〟を……」

一語一語に、憤怒《ふんぬ》と毒気が滲《にじ》んでいる。

戦慄《せんりつ》を禁じ得ない迫力が、老体から漂っている。

「……いいだろう……」

しばしの間をおき、ジェントルメンの口調が変わる。

トーンは静かに下がったが、迫力は一向に弱まらない。むしろ、言葉の重さは倍増したかのように感じられる。

「おまえがその気なら、受けて立とう。フィクションの世界など今日で終わりだ。わしとおまえ、生き残ったほうが、新たなページを開くのだ」

ジェントルメンは、車椅子《くるまいす》の肘掛《ひじか》けをスライドさせ、特殊工作部直通のホットラインを開いた。

「ジョーカーよ」


「ここに！」

突然の通信だったが、ジョーカーは間をおかずに返答することに成功した。

『事態は混迷の一途《いっと》をたどっておる』

「そのようです。ジェントルメン、ご指示を」

通信は、特殊工作部全施設に放送されている。

遅ればせながら、事態を聞きつけたジギーも視界の端に姿を見せた。

スタッフ全員が、画面に目を、通信に耳を集中させている。

『やつらは叡智《えいち》の簒奪者《さんだつしゃ》だ。英国は、奪いこそすれ奪われることは許されん。もう決して』

ファウストが、冷めた顔でジェントルメンの言葉を聞いている。

『軍を出動させる。おまえたちも、全力をもって敵の殲滅《せんめつ》にあたれ。やつらの紙一枚、髪一本英国の地に残すな。そして、グーテンベルク・ペーパーを死守するのだ』

「は……」

ジョーカーが、重々しく頷《うなず》いた。

「……大英図書館の事態は、お耳に届いていますでしょうか？」

『聞いておる』

「あちらには、民間人の人質がいますが……どう配慮《はいりょ》いたしますか？」

しばらくの間があった。

読子は息をつめて、ジェントルメンの言葉を待った。

『同じだ。配慮の必要はない』

「！　ちょっと待ってください！」

読子が、宙に向かって叫んだ。そこに、ジェントルメンがいるように。

「どうしてですか⁉　人質なんですよ、命がかかってるんですよ！」

理不尽《りふじん》な言葉に、読子の感情が爆発する。

「私たちは、本と人を守る組織じゃないんですか⁉　本と人あっての、叡智《えいち》じゃないんですか⁉　大英図書館じゃないんですか⁉」

読子の肩に、ジョーカーが手を乗せる。

「……切れています」

ジェントルメンの通信は、始まった時と同様に突然、切られていた。

読子の主張が届いたのかは、疑問だ。

「ジョーカーさん……見捨てたり、しませんよね⁉　先生を、見捨てたりは⁉」

すがるような視線で、ジョーカーを見る。

「………………………………」

ジョーカーの返答は、苦渋《くじゅう》に満ちた沈黙だった。

「おかしいですっ！」

読子に続いて叫んだのは、ウェンディだ。

「……私も、おかしいと、思います……どうして、あんな紙一枚で、人が死ななきゃなんないんですかっ……⁉　命を犠牲《ぎせい》にするなんて、叡智なんかじゃありません！」

今にも涙をこぼしそうに、目をうるませている。

特殊工作部は、重苦しい沈黙に包まれた。

「君らは、ばかか？」

幼い声が、沈黙を打ち消した。

声の主は、もちろんファウストだ。

「ばか……？」

「どうして、グーテンベルク・ペーパーを守ることが、人質を死なせることになる？」

「しかし……現在、彼らに対抗できるエージェントはザ・ペーパーのみ。軍の協力を得られたとしても、紙使いたちを止められるかは……」

ファウストは、嘆《なげ》くように頭を振った。

「発想が貧困だな。ヤツらが求めてるのは、グーテンベルク・ペーパーだろ？　ならそれをエサに、おびき寄せればいい」

「しかし、人質が！」

「タイミングをあわせれば、人質だって助けられる。要はあの女の中の優先順位を利用するんだ」

今一つ見えないファウストの言葉に、ジョーカーが眉《まゆ》を寄せる。

「厄介《やっかい》なのは、竜のほうだな。あっちは読子、君がどうにかしてくれ」

いつしか混乱も収まった読子が、ファウストを見つめる。

「……でも、じゃあ、大英図書館は……」

「僕が、なんとかしよう」

こともなげなセリフに、全員が目を丸くした。

「あなたは、解読以外の作戦行動は許可されてません！」

思わず声を荒げるジョーカーに、ファウストが笑う。

「かたいこと言うな。グーテンベルク・ペーパーが奪われたら、みんな台無しだろ？　特殊工作部も、君の未来も」

「ぐ……」

ジョーカーが言葉に詰《つ》まった。

「……本当に、できるんですか……？」

自分よりずっと幼い外観、しかし老獪《ろうかい》な智恵。ファウストのそれが、それだけが、今の読子には頼りだった。

「信じてみなよ。明日の世界のために」

「…………………」

博物館の入口で交わした言葉が思い出される。

読子は黙って、頷《うなず》いた。

「よし、段取りを決めよう」

ジョーカーは不承不承《ふしょうぶしょう》に、だが黙ってファウストの言葉を聞いている。

「読子、君はテムズ川の竜退治だ。確かに厄介《やっかい》な相手だが、要はあの紙使いを倒せばすむ」

「はい……」

緊張した面《おも》もちで、読子が頷く。

「新しい、戦闘用紙があるぞ。使ってみぃ」

ジギーが口を開いた。読子が、嬉《うれ》しそうに答える。

「はいっ！」

「ジギー。グーテンベルク・ペーパーを持ち出してくれ。乱暴に扱うかもしれないから、プレートに挟《はさ》んだ状態でな」

ファウストの注文に、ジギーの目が丸くなる。

「本物をか!?　フェイクじゃいかんのか!?」

「本物じゃないと意味がない。連中は紙のプロだ。へたにフェイクなんて使えないだろ」

そう言って、しばしファウストは考えた。

「まてよ……いや、まあいい。それで、図書館のほうだけど」

ウェンディが用意した大英図書館の地図を広げ、ファウストは頭をめぐらせる。

「人質奪回のスタッフが欲しいな。できれば、射撃の腕がたつやつが」

「特殊工作部のスタッフでは、心もとないと?」

ジョーカーが、やや嫌みっぽく言う。指揮権《しきけん》を取られているのが、不愉快なのか。

「万全を期したいだけだ」

「SASのスタッフは、到着が遅れています」

ウェンディが時計を見ながら言う。ぶす、と言われたショックはどうやら消えたらしい。

「今、ロンドンは大パニックだろうからな。まいったな……」

「よければ、俺が手伝う」

太い声が、響いた。聞き慣れた、太い声が。

「⁉　ドレイクさんっ⁉」

読子の顔が明るくなる。バッグを背負い、憮然《ぶぜん》とした顔のドレイクが立っていた。

「……ここで話が終わったら、マギーから文句が出るだろう」

誰も理解できない理由だった。しかし、その帰還を拒《こば》む者などいない。

「おやおや」

ジョーカーが、眉《まゆ》を片方だけ動かして出迎える。

「そんなわけだからな。違約金《いやくきん》は大目にみろ」

「まあ、今回だけはよしとしましょう。……実は、解雇書類も未提出だったし」

それで、入口のセキュリティがくぐれたのか。ドレイクは納得した。

「……で、どう攻め……」

言いかけて、ドレイクの顔が固まった。それまでは、離れて聞いていたため、人の陰になってファウストの姿が見えなかったのだ。

目の前に立つ少年に、ドレイクはぽかんと口を開けた。

「ファウストだ。僕の指令を母親の言うことだと思って頭にたたきこめよ、ドレイク」

ファウストは、自分の倍はありそうな巨体に笑いかけた。


「目標、ペーパードラゴン！　各車、砲撃開始！」

英国陸軍史上初の命令がくだされ、テムズ川両岸に布陣した戦車の砲塔《ほうとう》が火を噴いた。

市街地の発砲は本来なんとしてでも避けなければならないが、竜の進路には無数の文化財がある。しかも、首相を通り越してその上層であるジェントルメン直々《じきじき》の命令とあらば、反抗は許されない。人々は避難しているので、ある意味では攻撃のチャンスともいえる。

だが、砲弾は竜に当たりもしなかった。

竜は小馬鹿にするような動きで身をよじらせ、発射された砲弾をことごとく避けた。

目標を失ったそれは対岸の味方戦車に向かって落下し、いらぬ犠牲《ぎせい》を量産していく。

「バカどもがぁ！」

竜は岸に迫り、大きく開けた口で戦車をくわえこむ。

「ぎゃあぁぁっ！」

激しく揺り動かされ、誇り高き陸軍兵士が悲鳴をあげた。

竜は無造作《むぞうさ》に、その戦車をテムズ川に放り捨てる。

「退避！　退避！」

たまらず下された号令に、戦車は互いにぶつけあいながらも方向を転換する。

「ざまあねぇ！　……んっ？」

得意満面の白竜の耳に、空気をつんざく音が響いた。

空の端から、英国空軍のユーロファイター二〇〇〇が三機飛来してきた。

「ちっ、陸、海、空と次々に！」

ヨーロッパ共同開発の機体は、二七ミリ機関砲を発射して、三方から白竜を狙う。

「うおっと！」

多様な方向から攻撃を仕掛けられ、白竜の身体《からだ》がロデオのごとく上下に揺れる。

『レッド・リーダー、攻撃は有効、このまま一気に目標を破壊する！』

旋回したパイロットの目にしかし、奇妙な光景が映る。

『ん？』

ロンドン塔《とう》の上に、一人の男が立っている。

立てるわけのないポールの先端に直立している。

短髪を逆立てた、黒いたっぷりとした服を着込んだ男だ。カンフー映画の修行シーンのような光景だった。

『なんだ？』

男が、口を開いた。

なにやら喉《のど》を震わせている。歌を歌っているようだ。むろん、聞こえるはずもないが。

ざわ、と木々の葉が動いた。

突風にあおられたように、宙に舞った。

速度を落としているとはいえ、そんな風で機体が影響を受けるわけもない。

パイロットたちは皆、竜への攻撃に戻ろうとした。

その時である。

木々の陰から。街の片隅から。地面から。至るところから。

紙が舞い上がった。

『うっ、うああっ！』

男の声が巻き起こしたのか、突風に巻き上げられた何万枚の紙はユーロファイター二〇〇〇のコクピットに貼り付き、たちまち視界を覆《おお》っていく。

『レッド・リーダー、レッド・リーダー、視界不能、視界不能！』

たちまちバランスを失った機体は衝突し、ウォータールーの駅へと突っ込み、電車の車体に激突した。

「おおっ、助かったぜ、凱歌《がいこー》！」

白竜が、遙《はる》か後方の仲間、凱歌に礼を言う。

凱歌は小さく頷《うなず》き、姿を消した。

「ちぃっとジャマが入ったが……行くぜ、大英博物館！」

白竜の竜は、サマセットハウスを乗り越えて、上陸を果たした。大英博物館までは、約一キロの距離である。


「…………………んうう……」

ねねねが、気絶から覚める。

「あら、やっとお目覚め？」

真っ先に視界に入ったのは、あの黒ずくめの女、連蓮だ。

大英図書館の中央。あのキングズ・ライブラリーの下で、ねねねは縛《しば》られていた。ロープではなくこよりのようなもので。

連蓮の後ろでは、あいもかわらず白い紙人形たちがうろついている。

「漢字の本以外はいらないわ！」

連蓮がその人形たちに指示を飛ばす。

人形は、映画に出てくるゾンビのようにゆっくりと動く。

うちの一人が、なにやら紙の挟《はさ》まった額を持ってきた。

「あら。これはもらっとこうかしら」

一瞥《いちべつ》した連蓮が、それを受け取る。中に挟《はさ》まっているのはポール・マッカートニー直筆《じきひつ》の『抱きしめたい』の歌詞である。

「見つからないわぁ、やっぱり直接交渉《こうしょう》しかないわねぇ……」

肝心《かんじん》のグーテンベルク・ペーパーは発見できない。スタッフの何人かを締め上げてみたが、彼らもどこにあるかは知らなかった。

「人質も、起きてくれたことだし……」

連蓮はねねねを見つけ、人質になるように言ったが、英語が理解できない彼女が暴れたので、腹に一発をくらわせ、眠らせたのである。

英国の連中をいたぶるのは楽しいが、あまり遊んでばかりもいられない。

連蓮は、ねねねの前にしゃがみこんだ。上体を起こしたねねねは、きっとその顔を見つめる。

「まったく……イギリスまで来て、こんな目に……あたしってば、よっぽど人質になりやすい星の下《もと》に生まれたのかな?」

ねねねの独《ひと》り言《ごと》が、連蓮には理解できない。

「あ?　なんて言った?」

思わず顔を近づける。

「へっどばっとぉっ!」

ねねねは思いきり、その顔に頭突きをくらわせた。

「ひぐっ!」

サングラスが落ち、端正な鼻の下に細い血のスジが流れた。

「このっ……!」

「いいっ、よく聞けっ! あんた、あたしをなんかに利用しようたって、そうはいかないっ! こう見えてもこの半年、修羅場《しゅらば》をくぐり抜けてきてんのよっ! あんたみたいなヒトゴロシに協力してたまるかっ! 同じ紙でなんかするんなら、読子・リードマンのツメのアカでも煎《せん》じて飲めっ!」

ねねねは一気にまくしたてる。通じているはずもないが、言わずにはいられない。

「あー、すっとした」

「……あんた、人質には向いてないわね」

連蓮が、紙を取り出した。それは、剃刀《かみそり》の刃のように薄く、切れ味もよさそうだった。

「……!」

さすがにねねねが息を飲む。

「おまたせー」

二人の背後から、軽く幼い声がかかった。

「!?」

連蓮が振り向く。どこから現れたか、通路に小さな影が立っていた。

「……子供？」

ファウストである。だが、その正体を知らない二人には子供そのものでしかない。

「大英図書館特殊工作部の使いで来たよー。おばちゃん、これが欲しいんでしょ？」

「おば……！」

眉《まゆ》をぎりりと動かし、ついで視線をファウストの手に向ける。そこには、アクリルに挟《はさ》まれた紙があった。

「グーテンベルク・ペーパー……？」

「うん。でも、人質の人と交換してこいって言われたんだ」

ファウストは、無邪気《むじゃき》な子供を演じている。連蓮も、それを信じているわけではないだろう。だが重要なのは、油断を作らせることなのだ。ほんの一瞬の、油断を。

「図書館の人と、利用客の人。おばちゃんの人形で、外へ運んでよ」

「おば……！」

連蓮は歯を鳴らした。

「……そうしたら、その紙を渡してくれるの？」

「うん」

連蓮は、素早く視線を走らせた。特殊工作部が、子供一人を寄越したわけがない。あの紙使いが、どこかに隠れているはずだ。

しかし、その気配は無かった。

まあいい。こんなガキ、いつでも殺せる。人質にしても、どうせ用済みだ。

「……いいわ。条件をのみましょう」

そして、ねねねに振り返る。

「ただしこのコは、最後まで残しておくわ」

「うん、いいよ」

ファウストはあっさり頷《うなず》いた。意味不明のやりとりに、ねねねは戸惑ったままだった。


通報を受け、大英図書館前の広場には、パトカーと救急車が集まっている。

集まった警官も救急隊員も、入口から出てきたものに目を見張った。

「……なんだ、ありゃあ?」

奇怪な紙人形が、わらわらとケガ人を運び出してきたのだ。

遠巻きにしていた隊員たちも、紙人形が離れると同時に、急いでケガ人を救急車に運び入れる。

事態は異常だが、目先の人命を救うことが先決だ。

ほどなくして、ケガ人はすべて運び終わった。

図書館内に残ったのはファウスト、連蓮、ねねね、そして紙人形たちだけである。

「……じゃあ坊や。取り引きといきましょうか」

「そうだね」

ファウストは、この間もずっと、連蓮と距離を保ち続けていた。

連蓮は、スキがあれば紙で斬《き》りかかろうと考えていたが、それが無理とわかり、取り引きに応じることにした。

同時に、この少年がただ者でないということにも確信を抱く。

「紙人形を一体、そっちにやるから、グーテンベルク・ペーパーを渡してちょうだい。そしたら、このコを解放するわ」

「わかった」

ファウストが、ねねねのほうを見た。

「え?」

その視線の意味するところがわからず、ねねねはファウストを見つめ返す。

「……いくわよ」

連蓮が、紙人形を歩かせる。紙人形はのったらのったらと、ファウストに近寄った。

「……紙使いは、来てないの？」

連蓮がさぐりをいれる。

「ちょっと忙しくてね。こっちは僕にまかせるって」

ファウストが、平然と答える。

「まかせられるほど、あなたは強いの？」

紙人形が、ファウストの前に立った。

手を差し出す。ファウストは、アクリルをその手に渡した。

その顔が、一転して不敵に笑う。

「ああ、強いよ。お嬢《じょう》ちゃん」

豹変《ひょうへん》した声のトーン。そして手渡されたグーテンベルク・ペーパー。驚きと油断が、連蓮にわずかな、しかし致命的なスキを作った。

「カクレロー！」

吹き抜けの上フロアーから、声が飛んだ。日本語だった。

「！」

その意味を咄嗟《とっさ》に判断したのは、ねねねだった。

考えている余裕《よゆう》は無かった。後から考えてもよくあれだけ反射的に動けたものだという素早さで、ねねねは倒れ、転がった。転がり、ソファーの下に潜り込む。

「⁉」

連蓮の反応が遅れた。上フロアーでドレイクが立ち上がり、キングズ・ライブラリーのガラスに発砲した。

ガラスは粉々《こなごな》に割れ、破片のシャワーとなって連蓮に降り注ぐ。

「⁉⁉⁉」

なにが起きたか理解できない間に、連蓮の身体《からだ》を破片が切り刻んだ。

大半はコートで守り通せたが、首や手といった箇所《かしょ》には刃物にも似た痛みが殺到した。

連蓮は、顔を伏せる前に確かに見た。

ファウストが、あざ笑うような笑みを浮かべつつ、紙人形にライターで点火した。

紙人形はたちまち火ダルマと化した。ファウストは、悠然《ゆうぜん》とアクリルに守られたグーテンベルク・ペーパーを取り上げ、通路へと姿を消した。

そして。

吹き抜けからはロープで降りてきたドレイクが、ねねねを後ろ向きに抱え上げて、一目散に出口へと向かった。

ガラスのシャワーが止み、連蓮が身を起こす。その顔には、幾本《いくほん》かの血が流れている。それは、彼女の怒りを彩る化粧《いろどけしょう》にも似ていた。

灰となり、ぐずり、と紙人形が倒れた。

立ち上る煙にスプリンクラーが反応し、周囲に水を撒《ま》き散らす。

飛沫《ひまつ》を浴びながら、連蓮は鬼の表情を作った。

「殺す！」

人形の燃えかすを飛び越す。

ファウストが消えた通路と、ドレイクたちが逃げた入口に面した角に立つ。

通路の先には、開きっぱなしの床が見えた。

地下通路⁉

そうか、あのガキは、あそこから現れたのだ。

連蓮は、迷うことなくその床へと向かった。

彼女の優先順位はグーテンベルク・ペーパー。そして、自分をコケにしたあのガキを、バラバラにすることだった。


「追ってこないね！」

「おとなしくしてろ、とにかく離れることだ！」

ドレイクに抱えられたねねねは、デジャ・ビュを感じていた。

「ねーねーおじさん、どっかであったことない？」

「よく反応した！　一秒でも遅かったら、全員あの女にやられてたぞ！」

二人の会話はかみ合わない。ドレイクも興奮し、ねねねの日本語を聞き取れないのだ。

警官隊の間を縫《ぬ》い、ゲートをくぐってユーストン・ロードに飛び出る。

鍛えているとはいえ、女子高生一人を背負っての全力疾走《しっそう》はなかなかにすごい。

「……追ってくる様子は、ないな……」

ファウストの読みが当たったわけか。

ようやく止まったドレイクが、後ろを振り返る。自然とねねねの顔は、ロンドン大学と大英博物館方面に向いた。

「……ちょっと！　ちょっとちょっと！　なにあれっ⁉」

ばたばたとドレイクの背中で暴れる。

空には、紙の竜が踊っていた。

ずっと大英図書館に監禁《かんきん》されていたねねねは、その姿を見ていなかったのだ。

「あ？　あー……ペーパードラゴン」

ねねねにもわかるような、簡単な単語で教えてやる。

「あそこに行って！　レッツゴー！」

ねねねは続いて足をじたばたさせた。

「あんなトコには、先生がいるに決まってんのよっ！」

ニューオックスフォードストリートを越え、白竜はついに大英博物館の目前に迫った。

「俺を止める者はいない！」

眼下の道路では、ロンドン市警が拳銃《けんじゅう》でささやかな攻撃を試みる。

しかし、それらも尾のひと振りか、紙片の雨で一掃《いっそう》される。

白竜は、たまらない優越感と共に大英博物館に臨んだ。

「無念の略奪を受けた、史上の宝よ！　今こそ真の自由を！」

芝居《しばい》がかった口調で、手をさしのべる。

「…………………おう？」

その手の先、博物館の屋根に、影が現れた。

「…………出たな」

北海で、シーレースの甲板《かんぱん》に現れたように。

メガネにコートの紙使い、読子・リードマンがそこに立っていた。

むしろ喜びをもって、白竜は読子を見つめる。顔の半面がじくじくと疼《うず》いた。痛みではない、借りを返すという興奮からだ。

「戦車も戦艦も戦闘機も通用しねぇ、俺の竜にどう立ち向かう！」

白竜は高らかに笑った。が、その顎《あご》はすぐに開いたままで止まる。

読子の後ろから、冗談のようなものが現れたからだ。

それは、大英図書館特殊工作部のスタッフが持ち上げた、巨大な紙飛行機だった。

「正気か？　冗談か？」

読子は、自ら折った紙飛行機に乗り込む。

四人のスタッフが、紙飛行機ごと彼女を持ち上げた。

うちの一人が、読子を見つめる。

「勝ってください、ザ・ペーパー！」

その顔には、見覚えがあった。今朝《けさ》、グーテンベルク・ペーパーを運び入れた時、護衛を務めていた若者だ。

迫る竜を恐れてもいよう。だが、その恐れを強い意志で抑えこみ、読子の戦いをサポートしようと申し出たのだ。

読子は答えた。

「勝ちましょう、みんなで！」

ジェントルメンの言葉にはひっかかるものもある。

だが、今英国の叡智《えいち》はまぎれもない危機に直面し、彼らのような若者は身を盾《たて》にしてそれを守ろうとしているのだ。

そんな仲間がいるから、ザ・ペーパーは戦える。

ファウストや、ドレイクの顔が浮かんだ。彼らを信じる。ねねねたちを無事助けると、信じよう。

「レディー！」

紙飛行機を持ち上げ、スタッフが立ち上がる。

竜の頭はもう目の前で、白竜が顔に戸惑いを浮かべているのがわかる。

「ゴー！」

スタッフは走り、渾身《こんしん》の力で紙飛行機をうちだした。

「飛んで！」

読子は祈った。紙使いの能力以外で、心の底から祈った。

紙飛行機は、ふわりと浮いた。

「食え！」

白竜が、左の首に命じる。

大きく口を開き、首が読子の飛行機を捕らえようとする。

「！」

読子が大きく身を傾けた。飛行機は回転し、竜の口をかわす。

「なんだぁっ⁉」

背後に回る飛行機に、白竜は大声をあげた。

警官隊は、不思議そうにその光景を見つめていた。

大英博物館を紙でできた竜が襲って、巨大な紙飛行機に乗った女がそれに立ち向かう。いったい自分たちは、どんな夢にまぎれこんだのか。


「つかまえろっ！」

白竜の指示で、左右から首が紙飛行機へと襲いかかる。

「はぁっ！」

読子はコートの内ポケットから紙つぶてを取り出し、それぞれの口に放り込む。

一瞬後、竜の口が爆発した。

「なにいっ!?」

ジギーから受け取った戦闘用紙二七番、『ブローン・アウェイ』の改良版である。

「火薬なんぞに頼りやがって、それでも紙使いか！」

白竜は、燃える紙片を切りはずし、それ以上火がまわらないようにした。

その間に読子の紙飛行機は旋回し、竜の正面に回り込む。

「んっ？」

白竜は気づいた。読子の紙飛行機が、一直線に向かってくる。

「おもしれぇ！」

大きく口を開け、紙の弾丸を撃ちだす。

「くっ……！」

読子はコートからハリセンを取り出し、その弾丸を弾いていく。しかしかわし切れない弾丸が、コートを裂き、紙飛行機の機体を削《けず》っていく。

「ぬ……っ!?」

それでも読子は身をかわそうとしない。ただひたすらに、一直線に白竜へ向かって飛んでくる。

「おいっ!?」

白竜は読子の顔を見た。メガネの奥の瞳に、思わず圧倒される。

特殊工作部のスタッフが、警官隊が、思わず目を覆《おお》った。

次の瞬間、白竜の乗っている竜の口に、紙飛行機の先端が突き刺さった。

痛みを感じたわけでもないだろうが、首が大きくのけぞる。反対側に、先端が突きだしていた。人間なら、喉《のど》を貫《つらぬ》かれたようなものだ。

「…………先生っ!?」

縛《いまし》めをほどかれ、かけつけたねねねが、その光景に青くなった。

長い地下通路を抜けると、そこは巨大な吹き抜けのフロアーだった。

壁にペイントされたシンボルマークを見て、連蓮はすぐにその正体に気づく。

「特殊工作部！」

つまりは、敵地のど真ん中である。

「……ちょうどいいわ」

コートの前を開く。内側に貼り付けられていた紙が、四方八方へと散った。

「破壊してあげる！」

コンピュータの端末、各種機器、ディスプレイに突き刺さる。コードが切られ、パネルがひび割れ、火花が飛んだ。

だが、人影はどこにも見えない。

「出てこい、英国のタマナシども！　自分たちの家を守る気概《きがい》もないの⁉」

自らの作り出した破壊音で、連蓮は背後から近づくものに気づかなかった。

「⁉」

しかしそれでも、キングズ・ライブラリーの轍《てつ》は踏まない。咄嗟《とっさ》に身を倒し、床を転がってかわす。

自分のいた場所を、トラックほどもあろう台車が走り抜けていく。本棚《ほんだな》に本が詰まった台車だ。衝突すれば、ダメージは免《まぬが》れない。

休む間もなく、他の台車が彼女めがけて走ってきた。

「なめるな！」

連蓮は超人的な身のこなしで台車をかわし、すり抜け、避けていく。それだけではない、本棚から本を抜き取り、床に叩きつけた。

「いでよ、隷属《れいぞく》ども！」

本は紙片となって散らばり、人の形を作った。

そうして次々と生み出された紙人形が、自ら盾《たて》となって台車を止める。

「襲え！」

さらに、彼らは台車を操作していたスタッフたちにのしかかった。

「うわーっ！」

仲間を救おうと、隠れていたスタッフが飛び出してきた。周囲は見る間に、特殊工作部スタッフと紙人形の戦場になる。

本は重い。まして人と同じ大きさともなれば、当の人間よりずっと重い。のしかかられたスタッフは身動きが取れず、その顔を上質紙の手で殴打《おうだ》される。

ファウストがやったように、点火すれば一瞬で燃え尽きるだろうが、組み合っているスタッフたちもただではすまないだろう。

「あっち行けーっ！　このーっ！」

ウェンディも、ぶんぶんと椅子《いす》を振り回している。

彼女のみならず、特殊工作部は全員でこの恐るべき白い軍隊と戦っていた。

「グーテンベルク・ペーパーは⁉」

乱戦の中、連蓮はファウストの姿を探した。

こんな雑魚《ざこ》どもに用はない。目的はただ一つ、グーテンベルク・ペーパーだ。

その視線の先、更なる地下へと向かう階段に、ファウストが立っていた。

からかうように、アクリルをかざす。

「ガキ！」

連蓮が走り出した。ファウストは、階段をゆっくりと降りていく。


地下は、ほとんど闇といっていい空間だった。

「…………」

連蓮は慎重に、歩を進めていく。

突然、闇の中から声がかかった。

「その力、どうやって身につけたのかな？」

あのガキの声だ。しかし反響を利用して、位置をつかませない。連蓮は答えた。

「おばあちゃんに、教えてもらったのよ。あたしたちの、大好きなおばあちゃんにね」

紙を細かく破り、床にそっとバラまく。これで、動いた時に音が上がる。

「おばあちゃん……ねぇ。他にも、君たちみたいな人材はいるのかな？」

「いるわ。いっぱい。おばあちゃんは、世界をよくしようと、私たちみたいな能力者を増やしてるんだ」

「それで、本当に世界はよくなるのかな？」

「あたりまえじゃない。少なくとも、ジェントルメンが作った〝この世界〟よりはね」

「そしてなにが始まる？　君のおばあちゃんが作る世界か？　書き手が変わっても、内容が変わらなければ、本も世界も意味が無いんだよ」

カサ、と背後で音があがった。

「生意気よ、ボク！」

連蓮は、振り返りざまに紙を放つ。

命中した音と、どさ、となにかが倒れる音がした。

歩み寄った連蓮は目を見張った。そこに、グーテンベルク・ペーパーのプレートが落ちていた。飛びつくようにして摑《つか》み取る。

「やった！　これでおばあちゃんに！」

ごうん、と機械の稼働音《かどうおん》が聞こえた。

「!?」

背後から引きずり倒される。

「なっ⁉」

灯《あか》りが点いた。連蓮は、大きな紙の上に倒れていた。コートの端が、紙に留められている。

不思議なことに、引っ張っても取れない。

そしてその紙は、二つの巨大なロールの間に吸い込まれていく。印刷機だ！

操作盤の上に、ファウストが立っていた。

「そのコートは、開発部特製の接着液で留められている。紙も、象が乗っても破れない特殊紙だ。……逃げられないよ」

「くっ！」

連蓮は急いでコートを脱ごうとするが、紙全般に接着液が塗られているのか、身動きが取れない。

「ペーパー！」

アクリルのプレートに目をやる。

だが、ファウストは背後から、それとまったく同じものを取り出した。

「フェイクだ」

「！　このっ、このっ！　地獄に墜《お》ちろっ！」

連蓮の顔が怒りに歪《ゆが》む。彼女はみるみるロールに近づき、やがてその身体《からだ》を猛烈な圧力の間に押しこんだ。

「……！　！　！」

断末魔《だんまつま》がこだまし、印刷機が大きくきしんだ。

「……僕はどのみち地獄に墜《お》ちるんだよ。悪魔と契約してるんだから」

ファウストは操作盤から離れ、ロールが吐き出した紙に近づいた。

「……………………ああ……」

見たこともないほど鮮やかな赤が、一面に広がっていた。


紙人形たちが一斉に動きを止め、バタバタと倒れこむ。

「あれ？　……あれ？」

半泣きだったウェンディが、紙の山と化したそれをつついてみる。

主を失った人形は、土塊《つちくれ》ならぬ紙塊《かみくれ》となっていた。

「なんて女だ、くそうっ！」

白竜は頭を振って、立ち上がった。

まさか特攻をしかけてくるとは、思わなかった。

「……んっ⁉」

だが、地上には読子の姿はない。落下したと思ったが……。

「!?」

いきなり、紙テープが襲ってきた。

「ひょうっ！」

ジャンプしてかわす。一瞬遅ければ、縛《しば》りあげられていたことだろう。

読子・リードマンが、左の首に立っていた。

「不意打ちとは卑怯《ひきょう》だな、おいっ！」

「投降《とうこう》してください！　もう犠牲《ぎせい》を出したくありません！」

読子の顔は真剣だ。それが、白竜を怒らせる。

「笑わせるな！　てめぇらはいつもそうだ、この博物館を作るのにどれだけ、他の国を犠牲にしてきた!?　都合が悪くなって初めて、平等だの言い出すんだ！」

読子が言葉に詰まる。半分とはいえ、彼女にも英国の血が流れている。白竜の言い分を聞き流すことはできない。

「あげくの果てに、グーテンベルク・ペーパーなんてモンまで引っ張り出して、また略奪をおっ始める気かよ！」

「!?　なんのことですっ!?」

吐き捨てるような白竜の言葉が、読子の中で引っかかった。

「しらばっくれるなっ！」

首が、大きく身を揺らした。

「あぁっ！」

バランスを崩《くず》した読子は、紙テープを飛ばして、白竜の首にしがみつく。

どうにか立とうとしたその眼前に、白竜が立っていた。

「勝負あったな、ザ・ペーパー」

白竜が、顔を覆《おお》っていた紙を取る。爛《ただ》れ、ひきつった顔が露《あら》わになった。

「…………………」

読子が、竜の背に手をつく。

「今さら命乞《いのちご》いか？　みっともねぇぜ」

白竜が、袂《たもと》から、数枚の紙片を取り出す。

「そのメガネごと、まっぷたつにしてやるぜ」

「！」

メガネのことを言われて、読子が決然と顔を上げた。その瞳は強く、白竜を見据《みす》えている。

あたかも自分こそが、生殺与奪《せいさつよだつ》の権を握っているように。

白竜はわずかに怯《ひる》み、その怯みを覆うために大声をはりあげた。

「くたばれ、ザ・ペーパー！」

だが。

だが、その足が動こうとしない。

「んん⁉」

白竜は足下に目をやった。

足首が、紙に埋まっていた。いや、紙は竜の身体《からだ》からみるみる這《は》い上り、白竜の足そのものを固定しようとしている。

「なっ……なっ⁉」

読子がゆっくりと立ち上がる。

「紙飛行機の、紙片です。私の狙いは、竜の身体に紙片を潜り込ませることでした。あなたが立つ、この首に」

「ちくっ……しょうっ……！」

白竜が身を震わせる。だが、足はびくとも動かない。

「ジギーさん特製の、強力拘束紙《こうそくし》です。逃げられません。……お願いですから、投降《とうこう》してください」

読子は一転して悲しそうな顔になり、哀願といっていいほどの声をだす。

形勢を逆転しながらも、そこに優越の思いはない。

「同じ紙使い。……理解しあえるはずです……」

だが、読子のそんな言葉に、白竜は薄く笑った。

「……甘ぇ。甘いぜ、ザ・ペーパー！」

白竜は身をかがめ、紙片で自らの足を斬《き》った。

「！」

驚きに、読子の身体《からだ》が固まる。

白い竜の頭を血で汚しながら、白竜は紙片を振り上げる。読子の頭上に、それを振り下ろすべく。

「先生っ！」

地面から、ねねねが叫んだ。

「！　菫川さんっ⁉」

ねねね、読子の声に、一発の銃声《じゅうせい》が重なった。

「ひぐっ！」

胸に開いた穴を押さえ、白竜が倒れる。

その後ろ、遙《はる》か向こう、大英博物館の屋上では、ジョーカーがいまだ硝煙《しょうえん》の漂う銃を構えていた。

「ジョーカー……さん……」

「降りなさい、ザ・ペーパー！　崩《くず》れます！」

主人を失った竜は、その頭部からただの紙へと朽《く》ちていく。バサバサと、夕景になりかかった街の中に、風に運ばれて消えていく。

「！」

読子は踵《きびす》を返した。感傷の余裕《よゆう》など無かった。

長い坂道のような竜の背を、急いで走って降りていく。

「竜が……倒れる……」

見上げていた警官隊の一人から、そんなつぶやきが聞こえた。

ロンドンを恐怖に突き落とした竜は、わずかな風にその身を削《けず》っていく。秋の夕景に散らばる白い紙片は、不謹慎《ふきんしん》なれど美しいものだった。

「………………………」

ジョーカーは、紙に沈んで落下していく白竜を見ていた。

倒さなければ、倒される。

彼に対して抱いた思いは、決して間違っていない。だから、背後から撃ってもなんの痛痒《つうよう》もない。

これから先も、こんな連中が現れるのだろう。

ジョーカーは決意を固めつつ、曲がっていたネクタイをなおした。

読子が地面にへたりこむと同時に、竜は風の中に消えた。

取り残された紙片は、まるで恐竜の化石のように、大英博物館の広場にその骨格を記している。

だがそれも、すぐに消えてしまうことだろう。

「はーっ、はーっ……」

大きく息をつく読子の前に、ねねねが立つ。

「先生……」

読子は困ったような、安心したような顔で立ち上がった。

「もぉう……どうして、来ちゃうんですかぁ……心配したんですよぉ、先生ったらすぐにトラブルに巻き込まれちゃうし、危ないっていってるのに首つっこみたがるし……だいたい先生はワガママなんですってば。私だって、おシゴトがあるんですから、あんまり心配を……心配……」

読子の言葉が止まった。

その表情は、いつしか泣き出す寸前のそれになっている。

「ほんとに……心配したんですからぁ……」

「ごめんね。でも私だって、遠くで先生のこと心配してるのはイヤだよ」

対照的に、ねねねは歯を見せてにしし、と笑う。

「先生……」

「だから決めたの。も、ずーっと傍《そば》で、先生がどうなってくのか見てやろうって。本当に、地球の裏側まで追っかけてやるんだから」

「かんべんしてくださいよぉ……」

「だいじょぶだいじょぶ。人質にもずいぶん馴《な》れてきたし」

「そういうことじゃなくってぇ……」

ねねねは、ぐいと読子を抱き寄せた。

「先生こそ、あんまり無茶しないでね。いくらあたしでも、天国までは追っかけていけないから。……もう何十年かは、こっちの世界でドタバタやろうよ。ね？」

「…………………はい」

読子のほうが背が高いため、もたれかかるような格好になる。

二人の影は一つになり、長く長く大英博物館の広場に伸びていた。

夕景は、やがて夜にかわろうとしている。

ロンドンの街は何本かの煙をたなびかせ、騒々しい一日をようやく終えようとしていた。

していたの、だが……。

エピローグ

その日、起こったことを掌握《しょうあく》できる者などロンドンにはいなかった。

「あの紙の竜はなんだったんだ?」

「大英《だいえい》図書館で起きた殺人事件は誰が犯人だ!?」

BBCはテムズ川の映像を繰り返し流し、神話学者から精神学者までをコメンテーターに駆り出した。

疲労と困惑は人々の間に充満し、来る朝には首相から「納得できる説明」が得られるように望む声は秒ごとに高まった。

英国史上に残る一日の主役となった大英図書館、大英博物館はまさにパニックの極《きわ》みを見せていた。

警察の事情聴取、連蓮《りんりー》や白竜《はくりゅう》によって破壊された施設や設備の修理、点検。マスコミの応対、被害者への対応。

ジェントルメンの力をもってしても、すべての事情を隠し通すことは不可能に思われた。

「つまり問題は、どこまで明らかにするか、なのです」

深夜一一時。

特殊工作部に臨時に設置された緊急措置《そち》委員会において、ジョーカーはそう始めた。

「特殊工作部の存在を隠すのは、現実問題として無理でしょう。しかし、これ以降の任務に差し障《さわ》りがあるとまた困る。読仙社《どくせんしゃ》の存在にしても、中国政府に面と向かって言っていいものかどうか。トボけられたらお終《しま》いですからね」

「つまりは、懐《ふところ》まで入られたのが既に敗因じゃな」

ジギーがおもしろくもなさそうにつぶやく。連蓮の紙人形にやられたか、顔にはいくつか痣《あざ》が見える。

「グーテンベルク・ペーパーに関してはどうするのかな？」

ファウストが、読子《よみこ》の隣から口を挟《はさ》む。彼は今でも、読子の監視下にあるのだ。今さら、という気もするが。

「あまりに胡散《うさん》臭く、信憑《しんぴょう》性の薄いものですから。国民の信頼を失うおそれもありますね」

「じゃからといって、黙っておるわけにもいくまい。すべての元凶《げんきょう》じゃ」

ドレイクが挙手した。

「俺たちは、事態が落ち着くまで国外に出られないのか？」

「強制、ではありませんが、できるだけ残っていただきたいですね。連絡を密《みっ》に取らねばなりませんし、読仙社に狙われる可能性も無いとはいえません」

読子も、おそるおそる手を挙げる。

「あの……菫川《すみれがわ》先生は、どうすれば……」

ジョーカーが、深い溜息《ためいき》をついた。

「彼女は今？」

「……特殊工作部の、宿泊室に入ってもらいました」

「民間人にしては、事態に深入りしすぎている。というかザ・ペーパー。あなたに」

「すみません……」

ファウストが、読子に助け舟を出した。

「しかしそれは、読子の責任じゃないだろ。不可抗力だよ」

ジョーカーが冷たい視線を投げる。どうやら彼は、ファウストに対してライバル心のような感情を持ちつつある。やはり作戦の指揮権《しきけん》を取られたのが、気にくわないのだ。

「……ともあれ、ジェントルメンの判断を待ちましょう。現在は各国との調整で大忙しのようですが」

反省会のような雰囲気《ふんいき》が、室内に落ちた。

大英図書館は手痛いダメージを受けた。

業務再開の目処《めど》はまったくたっていない。スタッフ、蔵書の補填《ほてん》はいつになるか見当もつかない。

ジョーカーにすれば、出世のチャンスどころかとんだハンデを背負わされたような気分だ。

まさか、敵側があれほどイカれてるとは……。

会議室の扉が開き、ウェンディが入ってきた。

「……ノックが欲しいですね、ウェンディ君」

つい言葉が尖《とが》りがちになってしまう。だが、いつもなら慌《あわ》てふためくウェンディが、

「あ、すみません……」

と一言言ったきり、呆然《ぼうぜん》と立っている。

「なにか？」

「あ、通信が入ったんですけど……」

なるほど、ウェンディの手には紙が握られている。

「ジェントルメンですか？」

「いえ、バッキンガム宮殿から……」

「宮殿？　なんですか？」

全員の目がウェンディに集まった。

ウェンディは、手の中の紙を信じられない、という表情で見つめている。

「本日、午後一〇時。〝読仙社〟を名乗る賊《ぞく》が二人、女王を誘拐《ゆうかい》しました。女王を無事返してほしければ、グーテンベルク・ペーパーを寄越せ、と言い残したそうです……」

（つづく）

あとがき

お詫《わ》びと訂正《ていせい》から。

三巻において、「グーテンベルク聖書は二一冊しか確認されていない」と書きましたが、他の資料を当たったところ、羊皮紙《ようひし》製のものが一二冊、紙製のものが三五冊現存しているということを知りました。

不勉強を読者の皆様にお詫び申し上げ、謹《つつし》んで訂正させていただきます。


とまあそのように、今回は今までになく多くの資料を並べての執筆でした。

なにしろ渡英どころかパスポートも持ってない私です。

イギリスなんてシャーロック・ホームズと『ジョジョ』の第一部とセックス・ピストルズぐらいしか知りません。

新担当の千葉さんに集めてもらった資料を見ながら書き、書きながら直し、という突貫《とっかん》執筆作業とあいなりました。

しかし、今さらながらに思うのもなんですが、資料を読むのは楽しいものです。『世界の古書店』（丸善ライブラリー　川成洋編）にてヘイ・オン・ワイの存在を知った時は「これだ！」と身が震えました。大英図書館、大英博物館に関する書籍も、読めば読むほど興味をそそられました。これがいわゆる〝知る喜び〟というやつでしょうか。どうして学生時代にこの喜びに目覚めなかったのか、まったくもう。

そんなワケでずるずると完成は遅れ、またも関係者の皆様にはご迷惑をかけてしまいました。心からお詫《わ》びいたします。すみませんでした。

そんなマトモな資料を揃《そろ》えながらも、お話のほうはかなりとんでもない方向に進んできました。なんかもう全然スパイものでもないような気が。

今回の原因はクラッシュ。ピストルズと並び、英国のパンクロックを代表するバンドです。最近でも車のCMで曲が使われています。彼らのベスト盤を聞いてると、そのタイトルが目に入りました。『ロンドンは燃えている！』燃えてるのか、そうか！

その瞬間に頭の中にバーッと浮かんだのが、でっかい紙の竜が大英博物館に襲いかかる、という図。おお、これだ！　英国騒然、ロンドン壊滅！　いやしかし、ここまでやると後の展開が……いや、やっぱりこれしかない！　と一人盛り上がってプロットを作ってしまいました。

未読の方のために控えますが、最後にもたいへんな〝ヒキ〟を用意しました。もちろん次巻のことなど考えずに。ああ、どうしよう。いやまあ、なんとかなるさ。なんとかします。あ、今またとんでもないイメージが頭に浮かんでしまいました。やろうかな。やるべきだな。もっとすごいことになりますので、ご期待ください。

アニメ版の『R．O．D』も完成し、おかげさまで好評をいただいております。舛成孝二監督を始めとするスタッフの皆様が作り出した映像は素晴らしく、本当に一〇〇回見ても飽《あ》きません。大袈裟《おおげさ》でなく、私は見てます。脚本で参加しておきながら、激しいライバル心まで燃えてきます。だからまあ、小説版もコミック版も、ええ、エラいことに。やりますよ私は。

ではまた、そのうち。
あなたがいきつけの本屋さんにて、お会いしましょう。

倉田英之

この作品の感想をお寄せください。

あて先　〒101-8050
東京都千代田区一ツ橋２－５－10
集英社　スーパーダッシュ編集部気付

倉田英之先生

羽音たらく先生

R.O.D.　第四巻
READ OR DIE　YOMIKO READMAN "THE PAPER"

倉田英之
スタジオオルフェ

集英社スーパーダッシュ文庫

2001年 7 月30日　第 1 刷発行
2016年 8 月28日　第12刷発行

★定価はカバーに表示してあります

発行者　鈴木晴彦
発行所　株式会社　集英社
〒101-8050　東京都千代田区一ツ橋 2-5-10
03(3239)5263(編集)
03(3230)6393(販売)・03(3230)6080(読者係)
印刷所　株式会社美松堂／中央精版印刷株式会社

ISBN978-4-08-630040-0 C0193

第一巻

大英図書館の特殊工作員・読子は本を愛する愛書狂。作家ねねねの危機を救う！

第二巻

影の支配者ジェントルメンはなぜか読子に否定的。世界最大の書店で事件が勃発！

第三巻

読子、ねねね、大英図書館の新人司書ウェンディ。一冊の本をめぐるオムニバス。

第四巻

ジェントルメンから読子へ指令が。“グーテンベルク・ペーパー”争奪戦開幕！

第五巻

中国・読仙社に英国女王が誘拐された。交換条件はグーテンベルク・ペーパー⁉

第六巻

グーテンベルク・ペーパーが読仙社の手に。劣勢の読子らは中国へと乗り込む！

第七巻

ファン必読。読子のプライベートな姿を記した『紙福の日々』ほか外伝短編集！

第八巻

読仙社に囚われた読子の前に頭首「おばあちゃん」と親衛隊・五鎮姉妹が登場！

第九巻

読仙社に向け、ジェントルメンの反撃開始。一方読子は両者の和解を目指すが…。

第十巻

今回読子に届いた任務は超文系女子高への潜入。読子が女子高生に⁉興奮の外伝！

第十一巻

“約束の地”でついにジェントルメンとチャイナが再会。そこに現れたのは……⁉

第十二巻

ジェントルメンとチャイナの死闘が続く約束の地に、読子が到着。東西紙対決は最高潮に！

R.O.D
シリーズ
READ OR DIE
YOMIKO READMAN "THE PAPER"
倉田英之
スタジオオルフェ
イラスト／羽音たらく
大英図書館特殊工作部のエージェント
読子・リードマンの紙活劇《ペーパー・アクション》！
シリーズ完結に向けて再起動!!
D
スーパーダッシュ